小鬼富翁

BILLIONAIRE BOY

大衛·威廉 著

東尼·羅斯 繪

謝雅文 譯

晨星出版

給蘿拉，

我對妳的愛遠超過文字所能表達。

「逸趣橫生又暖人心扉的佳作。」

——《電訊報》

「具高度娛樂價值……寓教於樂的完美結合，將兒童文學大師達爾的精神發揮得淋漓盡致。」

——茱莉亞．艾克勒謝，《悅讀》

「這是我八歲兒子這輩子所讀過最有趣的一本書。」

——《電訊報》

「套句我十一歲兒子的話：『這是我讀過最厲害的一本書了！』」

——《快報》

「我很開心能有一本書，讓我可以用說故事的方式跟我的孩子分享『愛是最富』。這本書當中有很多豐富的角色，有趣的故事，希望有一天要拍成影像時可以來找我演出好嗎？」

——女兒才是老大但很開心的媽媽、會演戲的諧星　鍾欣凌

「故事情節流暢又生動有趣，用字遣詞貼近孩童口語經驗，好笑中又發人深省，讓人忍不住一口氣讀完。」

——台北市葫蘆國小閱讀專案教師　郭秀慧

目錄

CONTENTS

1 跟小喬・斯巴德相見歡

你有沒有想過擁有五千萬，會是怎樣的生活？

或是一億？

那麼擁有一兆？

或者千千萬萬兆呢？

來見見小喬・斯巴德吧。

小喬**不必**幻想坐擁金山銀山是什麼滋味。雖然他只有十二歲，卻有錢到很扯、

很瞎的地步。

不管想要什麼，小喬都能得到。

- 家裡的每個房間都各有一台一百吋的電漿寬銀幕平板高畫質電視。
- 五百雙Nike運動鞋。
- 後院有條大型賽車道。
- 日本進口的機器狗。
- 掛上「斯巴德二世」車牌的高爾夫球車，可以在家中庭園到處開。
- 一座滑水道，從他的臥室溜到奧運規模大小的室內游泳池。
- 全世界所有的電動玩具。
- 地下室有座3D巨型銀幕電影院。
- 一隻鱷魚。

●二十四小時待命的個人貼身按摩師。
●十條球道的地下保齡球球館。
●英式撞球桌。
●爆米花機。
●一座滑板場。
●又一隻鱷魚。
●每個禮拜五百萬的零用錢。
●後院有座雲霄飛車。
●閣樓有個專業錄音間。
●來自英國國家隊的私人足球教練。
●蓄水池裡有隻如假包換的鯊魚。

總之小喬是個被寵壞的小孩。他上的是高級到爆的貴族學校，只要一放假他就搭私人專機

到處翺翔。有次迪士尼樂園甚至爲他休園一天，因爲這樣無論想玩什麼遊樂設施，他都可以不用排隊。

這位就是小喬，他開著自己的一級方程式賽車，在私人賽車道上馳騁。

有些家境富裕的小朋友，擁有特別爲他們量身打造的迷你賽車，但小喬和他們不同。小喬的一級方程式賽車得做的**大一點**。你也看得出來，他是個小胖子。這個嘛，假如你能買下全世界的巧克力，不胖才怪，對不對？

然後你一定會發現畫裡只有小喬一個人。說老實話，如果你只有孤伶伶的一個人，就算在賽車道上奔馳也不怎麼好玩，就算你有金山銀山也一樣無聊。一定要找人比賽才好玩嘛。問題

是，小喬沒有朋友。一個也沒有。

● 朋友 X

切記千萬不要一邊駕駛一級方程式賽車，一邊拆巨無霸尺寸的火星巧克力棒。小喬前一秒才吃完一根，可是下一秒又餓了。他一把車開進S形彎道裡，就忙著用牙齒撕開包裝紙，咬一口內層夾牛軋糖和焦糖的美味巧克力棒。很不幸地，小喬只能單手控制方向盤，所以當輪胎撞上車道邊緣的時候，他控制不了賽車。

價值幾千萬的一級方程式賽車衝出軌道、不停打轉、最後撞上一棵樹。

嘰嘰嘰嘰嘰嘰嘰嘎嘎嘎嘎嘎嘎吱吱吱吱

吱吱吱吱吱！！！！！

那棵樹毫髮無傷，不過賽車報銷了。小喬擠出駕駛座。幸好他沒受傷，只是有點頭暈，東搖西晃地走回家。

「爸，我開車撞到樹了。」小喬邊說邊走進富麗堂皇的客廳。

斯巴德先生和他兒子一樣又矮又胖，全身多處毛髮茂密，只有光禿禿、閃亮亮的頭頂例外。小喬的老爸坐在百人座位的鱷魚皮沙發上，正在讀《太陽報》的他，連頭都沒抬一下。

「小喬，別擔心，」他說。「我再買輛新的給你。」

小喬頹然倒坐在他老爸身旁的沙發上。

「哦，對了，小喬，生日快樂。」斯巴德先生將一個信封遞給兒子，但目光沒離開過報紙第三頁的女模特兒。

小喬迫不及待地打開信封。今年會領到多少零用錢呢？他急著想看到裡面的支票，所以寫著「兒子，十二歲生日快樂」的卡片很快就被扔在一旁。

小喬難掩失望。「五千萬？」他嘲諷地說，「就這樣？」

「兒子，怎麼啦？」斯巴德先生暫時放下報紙。

「**去年**你給過我五千萬了，」小喬滿腹牢騷地說，「我滿十一歲的時候。今年我十二歲了，應該可以拿更多吧？」

斯巴德先生把手伸進他閃亮亮的灰色名牌西裝口袋裡，取出他的支票簿。他的西裝貴得嚇人。「兒子，我眞的很抱歉。」他說，「那今年給你一億好了。」

現在你要知道，斯巴德先生並不是含著金湯匙出生的富家子弟。

不久之前，斯巴德一家人還過著分外簡樸的生活。斯巴德先生打從十六歲起，就在市郊一家很大的捲筒衛生紙工廠上班。斯巴德先生在工廠的工作無聊**到爆**。他的工作是拿衛生紙在圓筒狀硬紙板上繞。

一捲又一捲。

一日復一日。

一年復一年。

十年再十年。

他就這麼周而復始地捲了又捲，人生和希望幾乎都要消磨光了。他一整天得和百來個無聊的作業員站在輸送帶旁，重覆同樣令人厭煩的工作。

每次拿衛生紙在圓筒狀硬紙板上繞完後，整個程序又要歸零重啓。每捲衛生紙都一模一樣。因爲從前家境非常貧困，斯巴德先生曾用衛生紙的圓筒狀硬紙板，爲兒子做生日禮物和聖誕節禮物。雖然斯巴德先生一直沒有錢幫小喬買最流行的玩具，卻會幫他做衛生紙捲筒賽車，或是衛生紙捲筒堡壘外加幾十個衛生紙捲筒士兵。

這些手工玩具到頭來多半都壞了，最後甚至屍骨葬身垃圾筒中。不過小喬曾經設法救過一個看起來很悲傷的小小衛生紙捲筒太空火箭，不過爲什麼動了救它的念頭，他自己也不清楚。

對斯巴德先生來說，在工廠上班唯一的好處是：有很多時間作白日夢。有天，他幻想要澈底顛覆擦屁屁的歷史。

何不發明一面濕、一面乾的捲筒衛生紙呢？他一邊想，一邊繞他那第一千捲的捲筒衛生紙。斯巴德先生將這個想法視為最高機密，在租來的廉價小公寓裡，把自己關在浴室埋頭苦幹，努力研究他的最新發明——雙面捲筒衛生紙。

等斯巴德先生終於發表「香屁屁」這項產品後，一上市便造成轟動。斯巴德先生每天能在全世界賣掉十億捲衛生紙。只要賣掉一捲，他就能賺三塊錢，最後累積成一筆相當可觀的數目。以下這個簡單的數學方程式可以清楚表達：

3塊錢 × 1,000,000,000捲 × 一年365天 = 超多錢

「香屁屁」推出時，小喬只有八歲，他的人生在一剎那間全然不同了。首先，小喬的爸媽離婚了。原來小喬的老媽多年來跟他的童軍老師艾倫偷偷交往，兩人打得火熱。她得到一百億的離婚贍養費；艾倫原本划的是獨木舟，現在則改開超大號遊艇。

謠傳最新消息是小喬的老媽和艾倫從杜拜的海岸出航，每天早上都把陳年香檳倒進香脆堅果玉米片裡。小喬的老爸似乎很快就對離婚一事釋懷，而且開始跟無數個在報紙第三頁展示身材的女模特兒們約會。

不久後，父子兩人就離開他們原本狹小破舊的廉價公寓，搬進一幢富麗堂皇的豪宅。斯巴德先生將它取名為「香屁屁塔」。

豪宅大到就連在外太空都看得見。光是開車進私人車道就要花五分鐘。連綿幾公里的碎石車道兩旁新種著百來棵朝氣蓬勃的小樹。宅邸共有七間廚房、十二間起居室、四十七間臥室、跟八十九間浴室。

就連浴室裡也有獨立的衛浴。有些獨立的衛浴間又隔成更小間的獨立衛浴。

雖然小喬住在那裡好幾年了，卻只探索過四分之一的主宅空間。一望無際的土地上有網球場、泛舟湖、直升機場、還有一條長一百公尺的划雪道，外加下著假雪的山。所有的水龍頭、門把，甚至馬桶座都是純金打造。地毯是貂皮製的，他和老爸用珍貴的中世紀古董高腳杯暢飲鮮橙汁，有一陣子他們還請了一隻名為奧提的紅毛猩猩當管家，可是最後非得把牠解雇不可。

「老爸，我能不能有份像樣的禮物？」小喬邊說邊把支票塞進他的褲子口袋。「畢竟我錢已經夠多了。」

「兒子啊，跟我說你想要什麼，我叫助理去買。」斯巴德先生說，「純金的墨鏡怎麼樣？我有一副喔。雖然戴上去就甚麼都看不見，不過那可是價值連城呢。」

小喬打了個呵欠。

「個人專屬快艇？」斯巴德先生大膽提議。

小喬翻了個白眼。「我已經有兩艘了。你忘了嗎？」

「兒子啊，對不起。那連鎖書店價值一千萬的禮券呢？」

「無聊！無聊！無聊死了！」小喬沮喪地直跺腳。他是個有高級煩惱的男孩。

斯巴德先生面帶愁容。他不確定這世上還有什麼可以買來送給他的獨子。「兒子啊，那你要什麼呢？」

小喬靈光乍現。他腦中浮現的是他一個人孤伶伶地繞著賽車場、跟自己比賽的畫面。「這個嘛，有個東西我很想要……」他試探性地說。

「兒子，你就直說吧。」斯巴德先生說。

「一個朋友。」

小屁孩

「小屁孩。」小喬說。

「小屁孩？」斯巴德氣急敗壞地說，「兒子啊，他們在學校裡還叫你什麼？」

「便便紙男……」

斯巴德先生不可置信地搖搖頭。他把兒子送到全英國最貴的一所學校——聖庫斯伯特男子學院。一學期學費高達六百萬，所有的學生都得穿上伊莉莎白女王時期的白色輪狀硬領和緊身褲。左邊有張小喬穿學校制服的照片。他看起來有點呆對不對？

所以斯巴德先生最不樂見的，就是兒子被人欺負，被欺負這種事應該只

會發生在窮苦人家身上才對。可是事實上，自從小喬上學的第一天起，他就成爲大家找碴的對象。上流社會的孩子討厭他，因爲他爸是靠捲筒衛生紙賺錢的，他們說這樣子「超級低俗」。

「屁屁億萬富翁、擦屁屁後裔、嗯嗯紙大王，」小喬繼續往下說，「這些只是老師們取的綽號。」

小喬學校裡的男孩如果不是王子的話，那麼就是公爵或伯爵。他們的家人靠坐擁大片土地致富，賺的是「祖產」。小喬很快就明白只有靠祖產賺來的錢才值得擁有，靠賣捲筒衛生紙賺的財富不算數。

出身上流社會的聖庫斯伯特學童，有著像是納森尼爾·塞普蒂默斯·厄內斯特·伯特倫·賴桑德·泰保·撒加利亞·艾德蒙·亞力山大·亨弗萊·波西·昆汀·崔斯坦·奧古斯都·巴索羅繆·塔奎恩·伊摩根·塞巴斯汀·西奧多·克萊倫斯·史邁士這類的貴族名字。

這只是一個男孩的名字。

這裡上的課也上流到荒謬。以下是小喬的課表：

《星期一》

拉丁文

草帽穿戴

王室研究

禮儀研究

賽馬超越障礙賽

交際舞

辯論社
（「本社堅信扣西裝背心的底扣是低俗的象徵」）

烤餅的品嚐步驟

打蝴蝶領結的技巧

下賭注的學問

馬球
（一種騎馬以桿擊球的運動）

《星期二》

古希臘文

槌球活動

獵雉技巧

對奴僕階級頤指氣使之道

曼陀鈴第三級（一種樂器）

毛呢衣料史

以鼻孔瞪人時間

踏出歌劇院踐踏遊民的步法

走出迷宮的攻略

《星期三》

獵狐指南

花藝

以天氣為題的對話技巧

板球史

粗革厚底皮鞋史

玩豪宅頂級王牌的桌遊

讀晨星時尚雜誌

芭蕾舞賞析課

禮帽飾亮指南

劍術
（拿劍比武，不是比誰陰險）

《星期四》

古董家具鑑賞時間

四輪驅動豪華車的換輪胎課

以誰家老爺最闊為題的研討會

誰是哈利王子最佳密友之一較高下

學習上流社會的說話術

搖槳俱樂部

辯論社
（「本社堅信鬆餅最好要烤過」）

棋藝課

盾形紋章學

以如何在餐廳高談闊論為題的講座

《星期五》

詩集選讀
（中世紀英詩）

燈芯絨衣料史

樹木修剪課

古典雕塑品鑑賞課

找自己在金字塔頂層雜誌
「派對」專區的哪一頁出現

獵鴨

撞球

午後古典樂賞析課

晚宴社交話題課
（例如：勞工階級的人聞起來是什麼氣味）

不過，小喬討厭去聖庫斯伯特上學的主因，並不是因爲那裡上的課程很蠢，而是學校裡的每個人都瞧不起他。他們覺得爸爸靠賣便便捲筒紙賺錢的小孩，實在是太太太低級了，低級到了極點。

「老爸，我想要轉學。」小喬說。

「沒問題。老爸錢多，可以送你去念全世界最貴的學校。我聽說瑞士那所學校啊，白天可以滑雪，然後……」

「不要。」小喬說。「我想轉到普通的學校，可以嗎？」

「什麼？」斯巴德先生問他。

「搞不好我能在那裡交到朋友。」小喬說。他們家的私人司機送他到聖庫斯伯特上學的途中，他曾看見小朋友在校門口轉來轉去，看起來很開心的樣子——聊天、玩遊戲、交換卡片。對小喬來說，這一切看來驚人的**普通**。

「對，可是普通的學校……」斯巴德先生不可置信地說，「你確定嗎？」

「當然。」小喬挑戰威權地說。

「你想要的話，我可以幫你在後院蓋間學校啊。」斯巴德先生提議。

「不要。我想去普通的學校、跟普通的小朋友一起念書。老爸，我想要交朋友。我在聖庫斯伯特連一個朋友也沒有。」

「可是你不能去普通的學校呀。孩子，你可是億萬富翁呢。其他小朋友如果不是欺負你，就是會看在你有錢的份上故意跟你做朋友。這樣對你來說太恐怖了。」

「是喔，那我就不要洩露我的眞實身分，當一個普通的小喬。或許，有那麼一點機會，可以交到一個朋友，說不定，還能交到兩個……」

斯巴德先生思考了一會兒，態度終於軟化。「小喬，如果你眞的想，那我就答應你，讓你轉去一間普通的學校。」

小喬非常激動，沿著沙發臀跳（坐著的時候，只用屁股驅動全身挪移，因此意味著人不必起身。體重過重者特別熱愛此道。）到他爸附近，親熱地摟抱他。

「孩子，不要弄皺我的西裝。」斯巴德先生說。

「對不起，老爸。」小喬邊說屁屁邊往回彈跳一點。他清清喉嚨，

「嗯……老爸，我愛你。」

「好的，兒子，我也是。」斯巴德先生邊說邊起身。「那麼，小夥子，好好過個生日吧。」

「今天晚上你不跟我一起玩嗎？」小喬試著在話裡掩飾內心的失望。小喬小的時候，老爸總會帶他去漢堡店幫他慶生。他們買不起漢堡，所以只點薯條，再搭配斯巴德先生藏在帽子底下偷帶進來的火腿醃黃瓜三明治。

「兒子啊，不行欸，真抱歉。今晚我跟這個美眉有約。」斯巴德先生指的是《太陽報》第三頁的女模特兒。

小喬看了一眼報紙。照片上女模特兒的衣服好像快從身上掉下來了，她把頭髮染成淡金色，臉上濃妝豔抹的程度教人難以分辨她素顏時是不是正妹。照片底下寫著：「賽菲兒，十九歲，來自遜咖德福。喜歡血拼，討厭動腦。」

「老爸，你不覺得賽菲兒對你來說太幼齒了嗎？」小喬問他。

「我們只差二十七歲而已。」斯巴德先生馬上反駁。

這番話無法說服小喬。「那你要帶這位賽菲兒上哪兒去？」

「去夜店。」

「夜店？」小喬問他。

「對，」斯巴德先生以不悅的口吻說，「我還沒老到不能上夜店吧！」他邊說邊打開一個盒子，取出看起來像被木槌打扁的倉鼠，把它戴在頭上。

「老爸，這是什麼鬼啊？」

「小喬，什麼是什麼鬼？」

斯巴德先生一邊裝無辜反問他，

一邊調整那個怪東西，遮掩自己的禿頭。

「你頭上的玩意兒。」

「哦，這個啊。這是假髮呀，兒子！一頂只要三十萬元。我金色的、褐色的、薑黃色的各買一頂，還有黑人頭造型的特殊場合可以戴。你不覺得我戴了以後看起來年輕二十歲嗎？」

小喬不喜歡撒謊。那頂假髮並沒有讓他老爸看起來更年輕，反而像是努力將一隻死掉的齧齒目動物在頭上保持平衡。因此，小喬選擇不表態地「唔」了一聲。

「好，那祝你晚上愉快。」小喬補了一句，並拿起搖控器。看來家裡又只剩下他跟那台一百吋的電視機了。

「兒子，冰箱裡有點魚子醬，你可以拿來配茶吃。」走向門口的斯巴德先生說。

「什麼是魚子醬？」

「就是魚卵啊，兒子。」

「呃……」小喬連對普通的蛋都沒啥好感，魚下的蛋聽起來更是噁心。

「是啊，我早餐把它抹在吐司上吃。實在有夠噁心，可是貴得不得了，所以我們該開始品嚐。」

「老爸，難道我們不能吃些香腸、馬鈴薯泥、炸魚薯條或是牧羊人烤派之類的嗎？」

「唔，兒子呀，我以前是很愛牧羊人烤派沒錯……」斯巴德先生彷彿在想像牧羊人烤派的滋味，流了一點口水。

「所以呢……」

斯巴德先生不耐煩地搖搖頭。「不不不，兒子啊，我們可是有錢人耶！我們得像正統有錢人那樣嚐盡高檔貨。待會見囉！」大門在他身後砰然關上，沒過多久小喬就聽見他爸萊姆綠的藍寶堅尼超級跑車震耳欲聾的一聲轟鳴，疾速駛進黑夜。

又落得孤伶伶一個人，小喬不禁感到失望，但當他打開電視的同時還是難掩嘴角的一絲微笑。

他馬上要前往一所普通學校、當個普通男孩了。而且或許，他可以交到朋友，雖然只是或許而已。

問題是，小喬能將自己億萬富翁的身分保密多久呢？

3 誰是胖子第一名

大日子終於到來。小喬取下他的鑽錶，把他的金筆放進抽屜。他看了一眼老爸買來當他轉學第一天禮物的黑色蛇皮名牌包，然後將它放回櫥櫃。就連這個時尚包也太過高檔，還好他在廚房找到一個舊塑膠包，把課本放在包裡。小喬下定決心不要引人注目。

以前司機開著勞斯萊斯送他到聖庫斯伯特上課的途中，多次經過這所學校，坐在後座的他見過小朋友一窩蜂地湧出學校。搖擺的書包、罵人的髒話、廉價的零食。今天是他生平第一次要踏進這間學校的校門。可是他不希望坐勞斯萊斯抵達學校——這樣其他小朋友不用猜也知道他是有錢人。他叫司機放他在附近的公車站牌下車。上回小喬搭乘大眾運輸工具已是多年前的

事了，因此他懷抱興奮的心情等公車。

「我沒辦法找零！」公車司機說。

小喬沒想到拿一千塊的大鈔付二十塊的車票，是很不討喜的行爲。他嘆了一口氣，開始長達三公里通往學校的路程。他每跨出一步，鬆軟的大腿就相互摩擦。

最後小喬抵達學校大門，焦急地在校門外遊蕩。他已經過慣坐擁財富、養尊處優的日子——現在該怎麼跟這些小朋友打成一片呢？小喬深深吸了一口氣，大步穿越操場。

早點名的時候，只有一個小朋友是落單的。小喬上下打量他，發現他跟自己一樣胖嘟嘟的，還有一頭像是抹布的捲髮。小胖弟見到小喬在注意他，便綻露笑容。等點名完畢，他就走向前。

「我叫巴布。」胖小子說。

「嗨，巴布。」小喬答道。上課鐘剛響，他們沿著走廊左搖右擺地去上第一堂課。「我叫小喬。」他補了一句。待在一所沒人知道他是何方神聖的學校感覺眞怪。在這裡，他不是小屁孩或億萬屁屁，也不是香屁屁男。

「小喬，眞高興有你在。我是說，還好班上有你。」

「爲什麼？」小喬問他。他無比興奮，看來，他可能找到生平第一位朋友了！

「因爲我再也不是全校最胖的男生啦！」巴布胸有成竹地說，彷彿在陳述一個事實。

小喬繃著一張臉，頓了幾秒，並且端詳巴布。在他看來，自己跟這個男生的肥胖程度是旗鼓相當。

「那你有幾公斤？」小喬老大不爽地質問他。

「嗯，那你又有幾公斤？」巴布反問他。

「喂，是我先問你的欸！」

巴布愣了一下。「差不多五十一公斤。」

「我四十五公斤。」小喬在撒謊。

「你不可能只有四十五公斤！」巴布氣鼓鼓地說，「我七十六公斤，而你比我胖多了！」

「你剛說自己五十一公斤的！」小喬語帶指責地說。

「我**嬰兒**時期……」巴布答道：「五十一公斤啊！」

那天下午學校舉辦越野賽跑。無論是上學的哪一天賽跑都是一種折磨，更何況在開學第一天就投下這顆震撼彈。這項年度酷刑似乎是專爲羞辱那些沒有運動細胞的小朋友。而巴布跟小喬完全符合這個類型。

「巴布，你的運動服呢？」殘酷成性的體育老師——布魯斯先生對著走向操場的巴布吼道。巴布身穿背心和緊身短褲，他一現身就贏得其他小朋友轟天雷般的笑聲。

「老老……老師，一一……一定是有有人把它藏起來了。」巴布直打哆嗦地說。

「說謊不打草稿！」布魯斯先生責備他。他跟多數體育老師一樣，很難想像學生不穿田徑服跑步。

「老老老老老老老師，那那那我還要重重重重跑嗎？」懷抱一絲希望的巴布問他。

「當然要囉，小鬼！哪有這麼容易就讓你逃過啦。好了，同學，各就各位、預備備……跑！」

一開始小喬跟巴布和其他所有的小朋友一樣奮力衝刺向前，可是大概三秒後他們兩人就上氣不接下氣，不得不用走的。沒過多久，其他人就統統在遠方消失，只剩下這兩個小胖弟。

「我每年都跑最後一名。」巴布一邊說一邊撕開士力架巧克力棒的包裝紙，咬下一大口。「其他小朋友總是笑我。他們洗好澡、換好衣服、在終點線等我，明明可以回家卻選擇留下來嘲笑我。」

小喬眉頭一皺。這聽起來可不好玩。他決定不要當最後一名，稍微加快腳步，確定自己至少領先巴布半步。

巴布怒目以對，加快腳程，起碼時速增加八百公尺。小喬從巴布堅毅的臉部表情得知今年是他難得不用當最後一名的大好機會。

小喬又加了一點點速，如今兩人幾乎已達慢跑的境界，爲的就是爭奪終極目標：看誰能贏得……倒數第二名！小喬實在不願意第一天上學就在越野賽跑項目被一個穿背心和長褲的小胖弟打敗。

經過彷彿永恆的漫長時間後，終點線終於朦朧地映入眼簾。兩個男孩都氣喘如牛、欲振乏力。

這時小喬突然飛來橫禍，肋骨產生劇痛。

「哎喲！」小喬叫道。

「怎麼啦？」如今領先好幾公分的巴布問道。

「我肋骨好痛……跑不動了。哎喲……」

「你在唬我吧。去年有個九十五公斤的胖妹用這招騙我，最後以毫秒之差打敗我。」

「哎喲。是眞的。」小喬一邊說一邊緊抱自己側身。

「我不會上當的，小喬。倒數第一名你當定了，今年輪到你成爲所有小朋友的笑柄！」巴布得意洋洋地說，又往前稍微挪移一點。

小喬最不樂見的就是開學第一天遭人恥笑，他在聖庫斯伯特已經被笑得夠慘了。可是每跨出一步，肋部的疼痛就愈加劇烈，彷彿在他側身燒了一個孔。

「那我給你兩百塊，你幫我墊底好不好？」他說。

「不要。」巴布胸脯一起一伏地喘息道。

「五百塊？」

「不要。」

「一千塊？」

「再加碼啊。」

「兩千塊。」

巴布停下腳步回望小喬。

「兩千塊……」他說。「可以買很多巧克力耶。」

「對啊，」小喬說。「超多的。」

「就這麼說定了。不過現在就要給我錢。」

小喬在短褲裡摸找，掏出一張兩千元紙鈔。

「那是什麼？」巴布問他。

「兩千塊錢的鈔票。」

「我以前從沒見過耶。你怎麼會有的？」

「哦，這個嘛，上禮拜是我生日，所以囉……」小喬有點支支吾吾地說。「這是我爸送的禮物。」

這個比小喬再胖一丁點的男孩仔細端詳著鈔票，彷彿把它當作無價之寶，就著陽光高舉著它。「哇。你爸一定是凱子。」他說。

假如說出眞相，說斯巴德先生送兒子一億元作爲生日禮物，巴布的胖下巴肯定會嚇垮到地上。所以小喬沉默以對。

「不是啦，沒這回事。」他說。

「那你先請，」巴布說。「我就再當一次最後一名囉。爲了兩千塊錢，要我明天跑完也行。」

「只要比我慢個幾步就可以了，」小喬說。「這樣看起來比較不假。」

小喬仍舊緊抓疼痛的側肋往前挪移。幾百張冷眼旁觀、興災樂禍的臉孔如今漸漸聚焦。轉學生男孩越過終點線，只得到零星的幾聲嘲笑。尾隨在後的是巴布，因爲他的緊身短褲沒有口袋，所以把兩千塊大鈔緊抓手中。他接近終點線時，小朋友們便開始唸誦：

「遜咖！遜咖！遜咖！遜咖！遜咖！遜咖！遜咖！遜咖！遜咖！遜咖！遜咖！遜咖！遜咖！」

唸誦聲愈來愈響亮。

「遜咖！」

他們現在還跟著節奏拍手。

「遜咖！」

巴布未受阻撓，拖著他的身軀越過終點線。

「哈！

哈！」

其他小朋友笑得東倒西歪，對著彎腰喘氣的巴布指指點點。

小喬轉過身，突然感到一陣內疚。同學們散場的同時，他走到巴布身邊，扶他站直身子。

「謝啦。」小喬說。

「不客氣，」巴布說。「老實說我本來就該墊底。如果你上學第一天就跑最後一名，同學肯定會沒完沒了地嘲笑你。不過明年你就得憑自己的本事了。就算你給我五千萬，我也不幹——我再也不要墊底了。」

小喬想起他的一億元生日支票。「那一億元呢？」他半開玩笑地說。

「成交！」巴布笑道。「光是想像擁有這麼多錢就夠瘋狂了！這樣大概要什麼有什麼了吧！」

小喬強顏歡笑。「是啊。」他說，「或許吧……」

4

「捲筒衛生紙？」

「那你是不是故意忘記帶運動服來？」小喬問他。

等小喬跟巴布完成他們的越野賽跑……應該說是越野漫步，布魯斯先生早就把更衣室鎖起來了。他們站在灰撲撲的混凝土房子外，穿著短褲的巴布直打哆嗦。他們本來應該去找老師幫他們開門，可是學校裡已人去樓空，只剩那位好像不會說英語或其他任何語言的工友。

「不是。」巴布答道，這個問題讓他有點難過。「我雖然跑得不快，但也沒那麼孬。」

小喬穿著汗衫和短褲，巴布穿著背心和小褲褲，兩人步履艱難地穿越校園，看起來像是參加男孩樂團的試鏡，但不幸被刷掉。

「那是誰拿走的？」小喬問道。

「不曉得。可能是葛拉二人組吧，他們是校園小霸王。」

「葛拉二人組？」

「對，他們是雙胞胎。」

「哦，」小喬說。「我還沒見過他們。」

「以後會的，」巴布陰沉地說。「對了，拿你的生日禮金，我實在很不好意思……」

「別客氣，」小喬說。「不要緊的。」

「可是兩千塊不是小錢欸。」巴布表示異議。

對斯巴德父子來說，兩千塊根本不算什麼。以下是小喬跟他老爸會拿兩千塊鈔票做的事：

●點燃鈔票取代舊報紙來烤肉生火。

●在電話旁放一疊鈔票當作便利貼。

- 抓一把鈔票鋪在倉鼠籠底，等一週後聞起來有倉鼠尿味再把它們丟掉。
- 幫同一隻倉鼠洗澡後，拿鈔票當毛巾幫牠擦身子。
- 當咖啡濾紙。
- 拿鈔票做聖誕節戴的紙帽。
- 擤鼻涕。
- 把嚼爛的口香糖吐在鈔票上，然後把它揉爛塞進管家手裡，管家會把它塞進男僕手裡，男僕再把它塞進女佣手裡，最後女佣再將它扔進垃圾筒。

●當做紙飛機互相射來射去。

●當樓下浴室的壁紙。

「我還沒問你，」巴布說。「你爸是做什麼的？」

小喬一度驚慌失措。「嗯，他哦，這個嘛，他是做捲筒衛生紙的。」他這麼回答只是撒了一點小謊。

「**捲筒衛生紙**？」巴布說。他藏不住自己的笑意。

「對啊，」小喬回答。「他是做捲筒衛生紙的。」

巴布收起笑容。「聽起來收入不太理想。」

小喬臉部肌肉抽搐了一下。「呃……對，是不理想。」

「那你爸應該得省吃儉用好幾個禮拜，才有辦法給你兩千塊。拿去吧。」巴布小心翼翼地將那張微皺的兩千塊紙鈔還給小喬。

「不要啦，你留著。」小喬抗議。

巴布硬把鈔票塞進小喬手中。「這是你的生日禮金。你留著。」

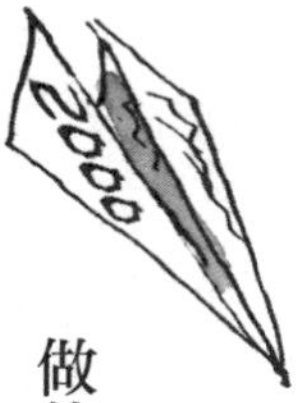

小喬猶豫地微微一笑，以手握拳圍住紙鈔。「謝謝你，巴布。那你爸是做什麼的？」

「我爸去年死了。」

他們繼續默默無語地走了一會兒。途中小喬唯一能聽見的就是自己的心跳聲。他腸枯思竭還是想不到該說些什麼，只知道自己爲這位新朋友感到難過。然後他想起每當有人過世，人們會說：「我很遺憾。」

「抱歉。」他說。

「這不是你的錯。」巴布說。

「我是說，呃，我很遺憾他過世了。」

「我也很遺憾。」

「他是怎麼那個的……你懂我的問題嗎？」

「癌症。那眞的很可怕。他病得愈來愈嚴重，後來有天我課上到一半，他們把我帶到醫院。多年來我們坐在他的病床旁陪伴，聆聽他不順暢的氣息，然後有天他忽然停止呼吸。我跑出病房呼叫護士，她進來之後宣告他

『走了』。現在只剩下我跟老媽兩個人相依為命。」

「你媽是做什麼的？」

「她在量販店上班，負責站收銀台。她就是在那裡認識我爸的。他每週六早上都會去買東西。以前他老愛開玩笑，說他『只是去買牛奶，卻娶了個老婆回家！』」

「感覺他很幽默。」小喬說。

「是啊，」巴布面帶微笑地說，「老媽還兼另一份差，晚上在老人安養院打掃，這樣才能維持家計。」

「哇，」小喬說。「那她不累嗎？」

「累啊，」巴布說。「所以我幫忙做很多家事。」

小喬發自內心地替巴布感到難過。打從他八歲起就沒再為家裡做過任何事了——反正一切有管家、女佣、園丁、私家車司機、或是其他人打理。他從口袋掏出鈔票。假如有人比他更需要用錢，那個人一定是巴布。「巴布，兩千塊請你收下。」

「不，我不能收。收了我會良心不安。」

「這樣啊，那至少讓我買巧克力請你吃。」

「沒問題，」巴布說。「去拉吉之家吧。」

5 拉吉之家

叮咚！

不，讀者，不是你家門鈴在響，所以用不著起身。這是巴布和小喬開門走進拉吉之家，門鈴在叮噹作響。

「啊，是巴布耶！我最愛的客人上門啦！」拉吉說。「歡迎光臨！歡迎光臨！」

拉吉在附近經營一家報攤小舖。附近的小朋友都很喜歡他。他就像你夢寐以求的搞笑大叔，而且更讚的是，他還賣甜食。

「嗨，拉吉！」巴布說。「他是小喬。」

「哈囉，小喬，」拉吉驚呼。「兩個胖小子同時出現在我店裡！想必今天我特別得到上帝的眷顧！你們兩個怎麼這麼晚才來？」

「拉吉，我們跑完越野賽就直接來了。」巴布向他解釋。

「超強的！那成績如何啊？」

「第一名跟第二名……」巴布答道。

「太棒了！」拉吉驚呼。

「……是倒數的。」巴布把話講完。

「那就不太妙了。不過做完這麼激烈的運動，兩位小兄弟一定餓壞了吧。今天有什麼我能效勞的嗎？」

「我們想買點巧克力。」小喬說。

「那你們可來對地方啦。我這裡有整條商店街最讚的巧克力，任君挑選！」拉吉得意洋洋地宣布。雖然整條商店街只有另外兩家店，一間是自助洗衣店，另一間是老早就關門大吉、應該也不會賣甜食的花店，可是男孩決定不跟老闆計較。

有件事小喬可以確定，那就是巧克力不一定要貴的才好吃。根據他跟他老爸多年來狂吃比利時和瑞士頂級巧克力的經驗，這些所費不貲的甜食其實沒有平價巧克力棒的一半好吃。也不比上平價的袋裝巧克力球。

或者對眞正的行家而言，他們根本不是平價雙層夾心巧克力棒的對手。

「這個嘛，小紳士們，有需要幫忙的話記得跟我說哦！」報攤老闆說。拉吉之家的商品擺得亂七八糟。男性雜誌怎麼會擺在立可白旁邊？假如你找不到水果軟糖，它們極有可能藏在一份一九八二年發行的《太陽報》底下。還有，幹麼把便利貼放在冰箱裡啊？

不過當地人還是絡繹不絕地光顧這家店，因爲大家喜歡拉吉，而他也喜歡他的顧客，特別是巴布。巴布是他的最佳主顧之一。

「我們自己逛就好，謝謝。」巴布答覆。他研究一排又一排的糕點糖果，尋找新鮮貨。錢的事今天不用愁，因爲小喬口袋裡有張兩千塊大鈔。他們說不定還付得起拉吉之家退流行的復活節彩蛋呢。

「小少爺，這些威士霸巧克力棒超讚的哦！是今天早上才剛進的貨。」

拉吉建議。

「我們自己看就好，謝謝。」巴布客氣地回話。

「吉百利的復活節彩蛋是當季新品哦！」報攤老闆向他們推薦。

「謝謝。」小喬面帶微笑，客氣地說。

「小紳士啊，總之有我來爲你們效勞，」拉吉說。「有問題的話，不要客氣，直接問我。」

「好的。」小喬說。

店裡陷入短暫的沉默。

「兩位，跟你們說一聲，今天沒賣巧克力酥餅，」拉吉又開了話閘子。「我應該早點說的。這是供應商的問題，不過明天應該會進貨。」

「多謝你的商品情報。」巴布說。他跟小喬互換一個眼色，開始希望這位報攤老闆能讓他們耳根清淨、專心選購。

「推薦你們波紋巧克力。我剛吃了一塊，現在做的甜點都好精緻。」

小喬有禮貌地點了個頭。

「那就不吵你們，讓兩位自己決定吧。就像我說的，我很樂意效勞。」

「我可以買一根這個嗎？」巴布邊說邊對小喬舉起一根巨無霸吉百利焦糖牛奶巧克力棒。

小喬開懷大笑。「當然可以囉！」

「小紳士，眼光真好。今天這款特價哦，買十根送一根。」拉吉說。

「拉吉，我們今天只要買一根就好。」巴布說。

「買五根送半根要不要？」

「不了，謝啦。」小喬說。「這樣怎麼算？」

「一百五十塊，謝謝。」

小喬掏出他的兩千元大鈔。

拉吉驚訝地地盯著那張紙鈔。「天哪！我從沒見過面額這麼大的鈔票。你一定是個富家子弟！」

「才沒有呢！」小喬說。

「這是他爸送他的生日禮金。」巴布插嘴道。

「幸運的小夥子，」拉吉說完凝視小喬。「不過，年輕人，你看起來很眼熟欸。」

「會嗎？」小喬緊張兮兮地答覆。

「對，我確定之前在哪兒看過你。」拉吉一邊思忖，一邊敲著下巴。巴布困惑地望著他。「想起來了，」最後拉吉說。「前幾天我才在一本雜誌看過你的照片。」

「拉吉，這怎麼可能？」巴布嘲笑道。「他爸是做捲筒衛生紙的欸。」

「這就對了！」拉吉驚呼。他飛快翻閱一疊舊報紙，從中抽出《週日泰晤時報富豪榜》。

小喬開始慌了。「我要走了……」

報攤老闆啪嗒翻頁。「找到了！」拉吉指向一張照片，只見小喬笨拙地坐在他一級方程式賽車的引擎蓋上。接著拉吉高聲朗讀雜誌上的文字。「全英國最富有的小孩。第一名：小喬．斯巴德，十二歲。香屁屁繼承人。身價估計一百億。」

一大塊巧克力從巴布嘴裡掉到地上。「一百億？」

「我怎麼可能會有一百億？」小喬抗議。「新聞老是誇張報導。我頂多只有八十億，而且大部分要等成年之後才領得到。」

「八十億也夠多啦！」巴布驚呼。

「是沒錯啦。」

「你怎麼沒告訴我？我還以爲我們是好兄弟。」

「抱歉，」小喬結結巴巴地說。「我只是想當個普通人。當捲筒衛生紙億萬富翁的兒子很丟臉耶。」

「不不不，你該爲你爸感到驕傲！」拉吉驚呼。「他的故事很激勵人心。雖然身分卑微，但只要創造一個簡單的構想，也能成爲億萬富翁！」

小喬從沒這樣想過他爸。

「李奧納德．斯巴德，徹底改變了人類如廁拭臀的歷史啊！」拉吉竊笑著說。

「謝了，拉吉。」

「那麼，請轉達令尊我才剛開始用香屁屁就已經愛上它了！我的臀部從來沒有這麼光亮過！我們下回見囉！」

兩個男孩不發一語地並肩走在街上，沿途只能聽到巴布齒間吸吮巧克力的聲音。

「你說謊。」巴布說。

「這個嘛，我確實跟你說他是做捲筒衛生紙的呀。」小喬不安地說。

「沒錯，可是……」

「我知道。我很抱歉。」今天是小喬上學的第一天，但祕密就已紙包不住火。「喏，零錢給你。」小喬邊說邊把手伸進口袋找一千元鈔票。

巴布面如枯槁。「我不要你的錢。」

「但我是億萬富翁耶，」小喬說。「我爸有兆萬的財產。雖然兆萬是多少我不瞭，但總之很多就對了。拿去就是了。喏，這疊也給你。」他掏出一捲兩千元鈔票。

「我不要。」巴布說。

小喬無法置信地皺著一張臉。「爲什麼不要？」

「因爲我不在乎你有多少錢，我只喜歡今天跟你一起出來玩。」

小喬笑逐顏開。「我也喜歡跟你一起玩。」他咳了幾聲。「聽我說，我眞的很抱歉。因爲我是香屁屁發明人的兒子，所以……前一所學校的同學都會欺負我。我只是想當一個普通的小孩。」

「我可以理解。」巴布說。「我的意思是說，可以重新來過是很棒的一件事。」

「是啊。」小喬說。

巴布停下腳步並伸出他的手。「我叫巴布。」他說。

小喬和他握手。「小喬．斯巴德。」

「還有別的祕密嗎？」

「沒了，」小喬微笑著說。「就那一個。」

「那就好。」巴布也綻露笑容地說。

「你不會跟學校裡其他人提起吧？」小喬說。「關於我是億萬富翁的

事。這件事眞的很難爲情，萬一他們發現我爸是靠賣捲筒衛生紙發財，那就更糗了。拜託你啦。」

「你不要我講，我就閉嘴囉。」

「不要。眞的不能講。」

「那我就絕口不提。」

「謝啦。」

兩人繼續在街上走。又走幾步之後，小喬再也按捺不住了。他面向已經解決半條巨無霸焦糖牛奶巧克力棒的巴布。「可不可以分我一點巧克力？」他問道。

「當然可以囉。這本來就是給我們兩人分的。」巴布說著說著就掰了一小塊巧克力，分給他的朋友。

6 葛拉二人組

「喂！遜咖！」有人在他們背後叫道。

「繼續往前走就對了。」巴布說。

小喬轉頭偷瞄，瞥見一對雙胞胎。他們看起來很恐怖——活像是穿了人類衣服的大猩猩。想必他們就是巴布提過的令人聞風喪膽的葛拉二人組。

「眼睛不要亂飄，」巴布說。「我是說真的。繼續走就對了。」

此刻小喬開始希望他能搭乘私家車司機開的勞斯萊斯，在後座享受安穩，而不是步行走到公車站。

「胖子！」

小喬跟巴布加快步伐的同時，也聽見身後傳來的腳步聲。雖然時間還

早，冬日的天色卻漸漸黑了。街燈亮起，暈黃的燈光灑落濕漉漉的地面。

「快，我們用跑的！」巴布說。兩個小男生在暗巷狂奔，躲在義大利餐廳後門一個大型綠色滾輪垃圾筒後頭。

「我們應該甩掉他們了。」巴布低語道。

「他們就是葛拉二人組嗎？」小喬問他。

「噓。小聲點啦！」

「對不起。」小喬改用氣音說話。

「就是欺負你的人？」

「沒錯，他們正是葛拉二人組。」

「沒錯。他們是同卵雙胞胎。戴夫．葛拉和蘇．葛拉。」

「**蘇**？其中有一個是女的？」小喬敢發誓他轉頭偷瞄跟蹤他們的那對雙胞胎時，明明看見兩人臉上都長了濃密的鬍子。

「對，蘇是女生。」巴布說話的口氣好像把小喬當作笨蛋。

「那就不可能是同卵雙生，」小喬壓低音量地說，「因爲一個是男的，一個是女的。」

「是這樣沒錯，可是沒人分得出他們誰是誰。」

這時小喬跟巴布突然聽見腳步聲愈加逼近。

「我聞到小胖弟的味道囉！」垃圾筒的另一頭傳來人聲。葛拉二人組把垃圾筒推開，蹲在後面的兩個男孩立刻原形畢露。巴布說得對，葛拉二人組確實長得一模一樣。他們留著如出一轍的平頭、長毛的指關節和小鬍子。兩人長成這副德性，似乎該替他們感到抱歉。

我們來玩個遊戲，看你能不能分出葛拉二人組有何不同。

你能找出一個他們的不同之處嗎？

你不可能找到的。因爲他們長得一模一樣。

一陣陰風吹過暗巷。一個空罐子滾過地上。樹叢裡有什麼玩意兒在動。

「遜咖，今天沒穿運動服跑越野賽，跑得怎麼樣啊？」雙胞胎的其中一位竊笑道。

「我就知道是你們兩個幹的！」巴布氣鼓鼓地說，「你們把我的運動服怎麼了？」

「扔到河裡囉！」另一位雙胞胎說。

「把巧克力給我們。」就算聽到他們的聲音，還是沒有人能分辨出誰是戴夫誰又是蘇。他們的嗓音在同個句子裡抑揚頓挫。

「這是要帶回家給我媽吃的。」巴布提出抗議。

「我不管。」其中一位雙胞胎說。

「把你的小＊＊＊＊交出來，」另一位說。

讀者啊，我必須承認＊＊＊＊是個髒話。其他的髒話還包括＊＊＊＊、

＊＊＊＊＊＊＊、當然也少不了無敵髒的＊＊＊＊＊＊＊＊＊＊＊＊＊＊＊＊＊＊＊＊＊＊。假如你不懂髒話，最好請爸媽、老師、或其他有責任感的大人幫你列個清單。

比方說，這些是我認識的髒話：

癩蛤蟆。

這個字髒到我作夢也不敢放進這本書裡。

「不准找他麻煩！」小喬說。但話一出口，葛拉二人組便往他這頭踏出一步，而他也馬上後悔把對方的焦點轉移到自己身上。

「不然呢？」名叫戴夫或蘇的雙胞胎說。他們滿嘴惡臭，充滿剛從五年級小女孩手中搶走一袋零食的氣味。

「不然的話……」小喬絞盡腦汁，思索可以永遠殲滅這些惡霸的話。

「不然的話，我會對你們兩個非常失望。」

撂錯狠話了。

葛拉二人組放聲大笑，從巴布手中搶走剩下的吉百利焦糖牛奶巧克力棒，然後抓住他的胳臂，將他一把拎起來，無視他高聲呼救，便把他扔進滾輪垃圾筒。小喬來不及多說什麼，葛拉二人組就吃著滿嘴的巧克力，狂笑地踏步離去。

小喬拖來一個木製的箱子，站在上頭把自己墊高，然後對著垃圾筒彎腰，緊抓巴布的胳肢窩。他使勁一提，把噸位驚人的朋友拉出垃圾筒。

「你沒事吧？」他邊說邊支撐巴布的重量。

「哦，沒事。他們常這樣惡整我。」他從捲髮上挑掉一些義大利麵和帕瑪森起司——有些可能是上回葛拉雙胞胎把他扔進垃圾筒留的。

「那你怎麼沒跟你媽講？」

「我不想讓她操心，已經有夠多事讓她煩的了。」巴布答道。

「那或許你該跟老師告狀。」

「葛拉二人組說如果我敢跟任何人講，就要把我痛扁一頓。他們知道我住在哪兒，就算被退學還是能把我揪出來。」巴布說。他看起來好像快要哭

了。小喬不喜歡看見他的新朋友苦惱。「有朝一日，我會討回公道。我一定會的。我爸老是說擊敗惡霸最好的方法，就是勇敢面對。有朝一日我會挺身而出的。」

小喬注視他的新朋友，只見他穿著內衣呆站原地、全身覆滿人家吃剩的義大利麵。他想像巴布跟葛拉二人組正面交鋒。這個胖小子肯定會一敗塗地。

他思忖著：**但是，或許有別的方法。或許我能讓他永遠擺脫葛拉二人組的糾纏。**

他揚起笑容，但仍舊爲付錢給巴布、要他賽跑墊底的事感到難受。現在他有機會彌補對方了。假如他計畫奏效，他跟巴布就不只是朋友，而是**最麻吉**的好友。

沙鼠吐司

「我買了東西給你。」小喬說。他跟巴布坐在操場的長椅上看更有運動細胞的小朋友踢足球。

「就算你是億萬富翁，也不表示一定要買東西給我。」巴布說。

「我知道，不過……」小喬從書包裡掏出一大條焦糖牛奶巧克力棒。巴布看見之後雙眼變得炯炯有神。

「我們可以分著吃。」小喬說完就掰開一小塊巧克力，然後再把那一小塊掰成一半。

巴布見狀臉都垮了。

「開玩笑的啦！」小喬說。「拿去。」他把整條巧克力棒遞給巴布讓他

享用。

「不好了。」巴布說。

「怎麼啦？」小喬問他。

巴布伸手一指。葛拉二人組正緩緩穿越操場，朝他們走來。這對雙胞胎直接切過足球場，但沒有人敢抱怨他們干擾比賽。

「快，我們用跑的。」巴布說。

「跑去哪？」

「餐廳。他們不敢進去。那裡生人勿近。」

「爲什麼？」

「你到時候就知道了。」

他們衝進餐廳，發現裡面空蕩蕩的，只有孤伶伶的一位廚娘。依舊雌雄莫辨的葛拉二人組，隔了幾步的腳程也跑進來。

「不點餐就給我滾！」崔芙太太吼道。

「可是，崔芙太太……」戴夫或蘇說。

「我說『滾』！」

雙胞胎心不甘情不願地撤退，小喬和巴布則試探性地走到點餐櫃台。

崔芙太太人高馬大、笑容可掬，年紀跟一般廚娘差不多。巴布在跑到餐廳的途中向小喬解釋：廚娘人很和善，可是烹飪的食物噁心至極。同學們寧願餓死也不願品嚐她的廚藝。事實上，如果吃了她的料理，下場可能也是死路一條。

「這是哪位啊？」崔芙太太凝視著小喬問道。

「他是我的朋友小喬。」巴布說。

儘管餐廳臭味四溢，小喬卻感到渾身一股暖流。以前從沒有人稱他為朋友。

「那麼，小朋友今天想吃什麼？」崔芙太太笑臉迎人地說。「今天的獾肉和洋蔥派一級棒，還有酥炸鐵鏽也不賴。如果吃素的話，本餐廳也有供應帶皮馬鈴薯配襪子起司哦。」

「哦，看起來都好讚哦。」巴布撒謊。同時葛拉透過二人組污穢的窗戶往屋內瞪他們。

崔芙太太的廚藝糟到難以言喻。學校餐廳典型的一週菜單內容如下：

星期一

本日濃湯——黃蜂湯

沙鼠吐司

或

髮絲千層麵（素食者宜）

或

磚塊炸肉排

*以上套餐均附酥炸硬紙板

甜點——一片汗水蛋糕

星期二

本日濃湯——毛毛蟲清燉肉湯

鼻涕通心粉（素食者宜）

或

炭烤車禍動物屍體

或

拖鞋義式烘蛋

*以上套餐均附蜘蛛網沙拉

甜點——腳趾甲冰淇淋

星期三

本日濃湯——刺蝟奶油

鸚鵡印度燴飯（可能內含堅果）

或

頭皮屑菜飯

或

麵包三明治（兩片麵包裡夾一片麵包）

或

炭烤小貓（健康飲食的選項）

波隆那肉醬麵拌泥巴

*以上套餐均附水煮木頭或酥炸鐵屑

甜點——松鼠屎餡餅配奶油或冰淇淋

星期四：印度日

本日濃湯——回教纏頭巾湯

開胃菜——紙片印度薄餅（尺寸分A4或A3）

配酸甜醬

主菜——濕擦泥爐炭火料理（全素食者宜）

或

香料慢燉飛蛾（辣）

或

咖哩蠑螈（特辣）

＊以上套餐均附炸妖怪

甜點——提神沙粒雪酪

星期五

本日濃湯——水龜湯

酥炸水獺肉排

或

貓頭鷹法式鹹派（符合猶太教教規）

或

水煮青賓狗（素食者不宜）

＊以上套餐均附滷肉汁

甜點——老鼠慕絲

「眞難取捨……」巴布說。他急著拿托盤尋找可以吃的食物。「嗯，那麻煩妳，我們來兩份帶皮馬鈴薯就好了。」

「可以不搭襪子起司嗎？」小喬懇求道。

巴布滿懷希望地看著崔芙太太。

「不然我淋點耳屎屑如何？還是灑頭皮屑？」崔芙太太面帶微笑地提議。

「嗯，我還是什麼都不搭好了。」小喬說。

「那水煮霉菌當配菜好了？小朋友，你們正在發育耶……」崔芙太太一邊提議，一邊揮動一匙看起來綠綠的、難以言喻的東西。

「崔芙太太，我在減肥。」小喬說。

「我也是。」巴布說。

「眞可惜啊，小朋友。」廚娘哀怨地說。「今天的甜點超正點耶，是水母蛋奶凍。」

「這也是我的終極最愛耶！」小喬說。「不過沒關係。」

他手拿托盤，在其中一張空桌前坐下，一把刀叉插進馬鈴薯卻發現崔芙太太根本忘了烤馬鈴薯。

「洋芋好吃嗎？」崔芙太太在廳堂的彼端呼喚。

「好好吃哦，謝謝妳，崔芙太太。」小喬一邊回喊，一邊把生的馬鈴薯在盤子裡推來推去。馬鈴薯上還覆著泥巴，他還發現一隻蟲從裡面挖洞爬出來。「我不喜歡烤太熟的，這樣恰恰好！」

「那就好！」她說。

巴布試著咀嚼，可是他的馬鈴薯完全不能吃，於是他哭了起來。

「怎麼啦，小朋友？」崔芙太太叫喊道。

「沒事，太好吃了所以我喜極而泣！」巴布說。

噹噹噹噹噹噹噹噹噹噹噹噹噹噹噹噹！

讀者啊，這回也不是你家的門鈴，而是宣布午餐結束的鐘響。

小喬如釋重負地吐了口氣。午休時間結束了。

「哦，崔芙太太，好可惜哦，」小喬說。「我們得去上數學課了。」
崔芙太太一瘸一拐地走過來檢查他們的餐盤。
「食物幾乎都沒碰欸！」她說。
「抱歉，吃一丁點就很有飽足感了。不過實在是好吃到爆。」小喬說。
「嗯。」巴布表示贊同，但還是哭個沒完。
「沒關係，那我放到冰箱，明天你們來再吃。」
小喬跟巴布驚恐地互換眼神。
「我真的不想給妳添麻煩。」小喬說。
「一點都不麻煩，到時候見囉，況且明天我會推出一些特餐。適逢珍珠港轟炸事件週年，我將明天訂爲日本日，料理腋毛壽司，再來是蝌蚪天婦羅……小朋友……小朋友？」
「葛拉二人組應該已經走了。」巴布邊說邊和小喬溜出餐廳。「我得去上個廁所。」
「那我等你。」小喬說。他倚牆而立，巴布則消失門內。通常小喬會說公廁很臭——況且他已習慣享受浴室裡獨立衛浴的隱私衛浴，以及帝王尺寸的浴池，所以一直不敢使用公廁。不過事實上，公共廁所並沒有學校餐廳那麼難聞。

小喬突然驚覺兩個身影從他身後逼近，不用轉頭就知道一定是葛拉二人組。

「他人咧？」其中一人說。

「他在男廁，可是你們不能進去。」小喬說。「嗯，應該說其中一個不能進去。」

「巧克力棒呢？」另一人問。

「在巴布那裡。」小喬說。

「這樣啊，那我們就等他出來。」雙胞胎其中一員說。

另一位面向小喬，目露不共戴天的兇光。「五十塊錢拿來。否則我要把你手給扭斷，就這麼簡單。」

小喬大口吸氣。「其實呢……我很高興碰見你們兩位仁兄，呃，很明顯應該是一位仁兄加一位美眉。」

「這還用說嗎？」戴夫或蘇說。「五十塊錢拿來。」

「等等，」小喬說。「有件事……我在想啊。」

「蘇，把他手扭斷。」雙胞胎其中一員叫出名字，這可能是這對雙胞胎第一次在外人面前揭露性別。可是後來葛拉二人組抓住小喬、把他轉了一圈，害他又分不清誰是男誰是女了。

「不！等一下，」小喬說。「是這樣的，我想出價，請你們做一件事……」

8 虎姑婆

噹噹噹噹噹噹噹噹噹噹噹噹噹噹噹噹！

「鐘聲是用來提醒老師，不是提醒學生！」史白得小姐說。老師總愛把這句話掛在嘴邊，我相信你也知道這是他們的口頭禪之一。歷久不衰的十大老師口頭禪如下：

第十名是——

「用走的，不要用跑的！」

維持第九名平盤的是——
「你是不是在吃東西？」

躍升三名，晉升第八的是——
「我還是能聽到有人講話。」

從榜首跌至第七的是——
「這沒什麼好聊的吧。」

新進榜就竄升第六的是——
「你要我跟你講幾遍？」

跌落一名來到第五的是——

「把字寫對！」

另一穩坐第四平盤的是——

「我受不了亂丟紙屑的行為！」

新進榜便衝上第三的是——

「你還想不想要畢業？」

和榜首擦肩而過，屈居第二的是——

「當回家功課好嗎？」

持續盤踞榜首的是——

「你不只讓你自己失望，也讓整個學校蒙羞。」

史白得小姐是我們的歷史老師，她身上有高麗菜爛掉的味道，而這是她最微不足道的缺點。全校最令人聞風色變的老師就是她。她笑起來就像準備把你呑進肚裡的鱷魚。史白得小姐最熱衷的事就是懲罰學生。有次一個女生只是在學校餐廳掉了一顆豌豆到地板上，就被她罰留校察看。「別人可能會覺得那顆豌豆很礙眼！」她吶喊道。

學生總是以幫老師取綽號爲樂。綽號有的可愛，有的機車。法文老師派克斯頓先生的外號是「番茄」，因爲他又大又圓的紅臉名符其實就像「番茄」。校長達斯特先生也是因爲外表而被稱作

「烏龜」。他一大把年紀、皺紋特多、而且走路出奇的慢。副校長盎得希爾先生又稱「腋下先生」，因爲他這個人有體臭，尤其夏天更爲嚴重。至於生物老師麥當娜太太的外號則是「鬍鬚女模特兒」或者更過分的「唐納森日記之毛毛狗」，因爲她……這個嘛，你應該也猜到原因了。

不過小朋友只叫史白得小姐「虎姑婆」，因爲只有這三個字才能眞正貼切地形容她，而且這是學生們代代相傳的綽號。

不過她班上的學生考試全都及格，因爲沒人敢考不及格。

「還有昨天交待的功課別忘了交。」史白得小姐幸災樂禍地宣布，好像巴不得有人交不出作業。

小喬把手伸進書包。完蛋了，他的作業簿不在裡面！他一整晚都在寫這篇長達五百字無聊到爆的文章，題目和某位年邁且去世的女王有關。可是他爲了不要遲到，匆匆趕來學校，肯定是把作業忘在床上了。

他心想：不好了。這下眞的完蛋啦……

小喬目光飄向巴布，但他的朋友只能扮張鬼臉、深表同情。

史白得小姐在教室裡高視闊步，像隻雷克斯暴龍正在思索該先抓哪隻小動物祭自己的五臟廟。她的失望寫在臉上，因爲骯髒的小手如雨後春筍般高舉一份又一份的作文。她收齊作業，然後在小喬面前停下腳步。

「老師……」他結結巴巴地說。

「怎～麼～啦，斯～巴～德？」史白得小姐說，刻意盡可能地把話拉長，好好享受凌遲對方的美妙時刻。

「我眞的有做功課，只是……」

「對啦對啦，你最好有做！」虎姑婆咯咯笑道。巴布除外的其他學生也全都跟著竊笑。沒有什麼比事不關己、冷眼旁觀更令人通體舒暢的了。

「我放在家裡。」

「罰你撿紙屑！」老師喝斥道。

「老師，我沒有說謊。今天我爸在家，我可以……」

「我早該知道了，你爸肯定是個領失業救濟金的窮光蛋，連白天也坐在家裡看電視──十年後你一定也是這副德性。怎麼樣……」

小喬跟巴布聽了這番話，情不自禁地傻笑起來。

「呃……」小喬說。「如果我打電話回家，叫他把作文送來，妳願意相信我嗎？」

史白得小姐綻放燦爛的笑容。她要慢慢欣賞這齣好戲。

「斯巴德，我給你十五分鐘，不多也不少，你要把這篇作文交到我手上。希望你爸動作夠快。」

「可是……」小喬開口道。

「沒有『可是』了，小朋友。十五分鐘。」

「好吧，謝謝老師。」小喬諷刺地道謝。

「不用這麼客氣，」虎姑婆說。「我樂於提供班上每位同學改過向善的機會。」

她轉身面向班上其他人。「其他同學可以下課了。」她說。

小朋友開始湧入走廊。史白得小姐在他們身後叫道：「用走的，不要用跑的！」

史白得小姐忍不住迸出另一句口頭禪。她是口頭禪天后，如今一發不可收拾。

「這沒什麼好聊的吧！」她在學生身後吶喊，但沒有特別針對哪個人。史白得小姐的口頭禪現在有如滔滔江水連綿不絕。「你是不是在吃東西？」她對著剛好路過走廊的學校督察咆哮。

「老師，請問是十五分鐘嗎？」小喬問道。

史白得小姐研究她的小小古董錶。「事實上是十四分鐘又五十一秒。」

小喬倒抽一口氣。老爸有辦法那麼快就趕來學校嗎？

9

「來一根吧？」

「來一根吧？」巴布邊說邊把半根特趣巧克力遞給他的朋友。

「謝啦，老弟。」小喬說。他們站在操場一處安靜的角落，思索小喬悽慘的命運。

「你打算怎麼辦？」

「不知道。我傳簡訊給我爸了，問題是他不可能在十五分鐘內趕來。我能怎麼辦呢？」

幾個點子竄過小喬的腦海。

他可以發明時光機，當時空旅人回到過去，並且記得不要忘了把功課帶來學校。不過這個困難度有點高，假如眞的有哪個天才發明時光機，或許早就有人從未來趕到現在，阻止那些電視名嘴出生。

小喬可以回教室跟史白得小姐說作業「被老虎吃掉了」。這不完全是謊言，因爲他家的確有座私人動物園，也養了一隻名叫傑夫的老虎。另外還有隻名叫珍妮的鱷魚。

當修女。這樣他就得住在女修道院，唸祈禱文、唱聖歌、終日暮鼓晨鐘認眞修道。好處是，女修道院能提供庇護，讓他躲過史白得小姐的追殺，況且他穿黑衣確實很帥，不過壞處是日子可能會過得有點無聊。

移民到另一座星球。金星離地球最近，不過搬到海王星或許比較安全。

在地底度過餘生。搞不好再建個部落給地表之下的居民，並爲所有欠史白得小姐回家功課的人創立一個祕密社團。

動整型手術、改名換姓，以名爲薇妮的老太婆身分度過餘生。

隱形。但是小喬不確定該怎麼辦到。

跑到附近的書店，買本史蒂芬·急驚風教授的大作「如何在十分鐘內學

會控制別人的思想」，並馬上催眠史白得小姐，讓她誤以爲他已經交作業了。

把自己喬裝成一盤波隆那義大利麵。

賄賂學校護士，要她向史白得小姐謊稱他死了。

在灌木叢裡躲一輩子。只吃小蟲跟蛆就能存活下來。

把自己塗成藍色，自稱是藍色小精靈。

小喬幾乎沒時間考慮這些選項，因爲這時兩個熟悉的身影從他們身後隱約逼近。

「巴布。」其中一人說，他的嗓音不高也不低，讓人無法辨明性別。兩個男孩轉過身子。巴布已厭倦了跟小霸王纏鬥，索性直接將他沒咬幾口的特趣巧克力棒雙手奉上。

「別擔心，」他對小喬輕聲低語。「我在襪子裡藏了很多聰明豆。」

「我們不要你的特趣巧克力。」一號葛拉說。

「是嗎？」巴布說。他的思緒開始奔馳。該不會葛拉二人組知道他暗藏聰明豆吧？

「沒錯，我們想爲欺負你的事致上十二萬分的歉意。」葛拉二號說。

「我們想請你喝杯茶，跟你和好如初。」葛拉一號在旁邊提詞。

「喝茶？」巴布不可置信地問道。

「對，或許我們可以一起玩桌遊。」葛拉二號繼續往下說。

巴布望著他的朋友，但小喬只是聳聳肩。

「多謝你們兩位仁兄，我是說一位仁兄加一位美眉，這很明顯……」

「這還用說嗎？」雌雄莫辨的一位葛拉說。

「……不過今晚我有點小忙。」巴布接著說下去。

「那就改天囉。」雙胞胎的其中一員說，並和另一位懶洋洋地晃走。

「真奇怪，」巴布邊說邊取出幾顆如今帶有些微臭襪味的聰明豆。「我實在無法想像自己跟他們共度一晚，而且還一起玩桌遊。就算我活到一百歲也想像不到。」

「對啊，好怪哦……」小喬說。他馬上轉移目光。

就在此時，一聲震耳欲聾的轟鳴劃破操場的寂靜。小喬抬頭一看，原來有架直升機在半空中盤旋。每場足球賽都立馬解散，小朋友奔離飛機要降落的路線。幾百個午餐便當的內容物被螺旋槳葉捲起的強風吹至空中。好幾袋的洋芋片、一包薄荷巧克力、還有一盒水果優格都在飛旋的空氣中狂舞，隨著直升機引擎關閉、螺旋槳葉緩緩停止才撞擊地面。

斯巴德先生從乘客座一躍而下，手拿作文疾速橫越操場。

小喬心想：慘了！

斯巴德先生頭戴一頂得靠雙手抱頭才不會飛走的褐色假髮，穿著一套金色連身衣褲，背面用閃亮的字母寫著「屁屁航空」。小喬覺得自己快要羞愧而死了。他想辦法躲在一名高年級生的背後，無奈他臃腫的身材讓老爸一眼就在茫茫人海中認出他來。

「小喬！小喬！你在這兒啊！」斯巴德先生呼喚道。

其他的小孩全部目不轉睛地望著小喬，之前他們根本沒把這個又矮又胖的轉學生放在心上。沒想到他爸居然有架直升機。一架如假包換的直升機耶！哇賽！

「兒子啊，這是你的作文。希望能趕上期限。我發現忘記給你晚餐錢了。兩萬塊拿去。」

斯巴德先生從他的斑馬皮錢包取出一疊嶄新的千元鈔票。眾家孩童投以羨慕的眼光，小喬卻不領情地把錢推開。

「兒子啊，要不要我四點鐘來接你？」斯巴德先生問他。

「不用了，老爸，謝啦。我搭公車就好。」小喬低頭盯著地上，話含在嘴裡咕噥。

「你可以用直升機接我啊，老兄！」其中一位高年級的學生說。

「還有我！」另一個學生吶喊。

「還有我！」

「我！」

「我！！」

「選我選我！」

沒過多久，操場上的小朋友全都揮手嚷叫，吸引這個穿金色連身衣褲的矮胖男注意。

斯巴德先生哈哈大笑。「也許你週末可以請幾個朋友來家裡玩，這樣他們就能搭直升機啦！」他笑容滿面地宣告。

操場上頓時歡聲雷動。

「可是，老爸……」讓大家知道他家的房子有多富麗堂皇、他們擁有的物品是怎樣奢華至極，是小喬最不樂見的事。他看了一眼他的塑膠電子錶，只剩不到三十秒了。

「老爸，我得閃人了。」小喬脫口而出，從他爸手中搶走作文，用他那雙肥胖短腿史上最快的速度衝進教室。

他奔上階梯，途中巧遇老到不能再老的校長，他正乘著座椅電梯下樓。達斯特先生看樣子起碼有一百歲，但說不定實際年齡有過之而無不及。比起當一校之長，他其實更適合在自然歷史博物館作展示品，不過他這個人挺無害的。

「用走的，不要用跑的！」他咕噥道。就連齒危髮禿的師長也愛用這些口頭禪。

在走廊上朝教室拔腿狂奔、準備拿作業向史白得小姐交差的小喬，發現全校有一半的學生都跟在他身後跑。他甚至聽到有人叫道：「嘿，香屁屁孩！」

灰心喪氣的他依舊勇往直前、衝進教室。虎姑婆將手錶握在手中。

「史白得小姐，作業到手了！」小喬大聲宣告。

「你晚了五秒鐘！」她大聲宣告。

「老師，妳在說笑吧！」小喬不敢相信怎麼會有人那麼機車。他回瞄身

後一眼，發現幾百名學童正隔著玻璃窗看他，巴不得一睹全校或甚至全世界最有錢的男孩是啥廬山眞面目，急到鼻子緊挨著窗戶，看起來就像一群小豬仔。

「罰你撿紙屑！」史白得小姐說。

「可是老師……」

「撿一個禮拜的紙屑！」

「老師……」

「撿一個月的紙屑！」

這回小喬決定不再回嘴，意興闌珊地走出教室，然後把門一關。幾百雙小眼睛依舊在走廊上盯著他瞧。

「喂！億萬小富翁！」他身後傳來低沉的嗓音。是某個高年級的男生在奚落他，可是小喬分不出是哪一個。畢竟每個高年級男生都留著小鬍子。每張小嘴都在嘲笑他。

「借我們五千萬！」某人叫道。如今笑聲震耳欲聾，噪音響徹雲霄。

小喬心想：**我的人生徹底毀了**。

小狗口水

小喬急忙穿過操場、走向餐廳，其他的小朋友也全都圍著他蜂擁而上。

小喬的頭一直沒抬過。他一點也不享受這種一夕爆紅帶來的明星光環。

「嘿，小屁孩！我要當你最麻吉的朋友！」

「我腳踏車被偷了。買輛新的給我吧，老弟。」

「借我們兩百塊錢……」

「請我當你的保鏢！」

「你認識超級男孩的賈斯汀嗎？」

「我奶奶需要一棟新的平房，給我們五百萬好不好？」

「你有幾台直升機啊？」

「你都這麼有錢了，又何必上學？」
「可不可以幫我簽名？」
「你週六晚上爲什麼不在你家辦一場盛大的轟趴？」
「能不能提供我終生免費的捲筒衛生紙？」
「你為什麼不乾脆買下這所學校，把老師全都開除？」
「可不可以買給我一包麥提莎巧克力？那好吧，一顆總可以了吧？你很小氣欸！」

小喬開始拔腿就跑，大家也跟著跑了起來。小喬放慢腳步，大家也慢了下來。小喬轉彎往反方向前進，大家也轉彎朝反方向走。

有個薑黃色頭髮的小女孩想搶他書包，他握緊拳頭、把她的手揮開。

「哎喲！我的手好像骨折了，」她喊道。「我要告你，向你索賠五億元！」

「揍我！」另一人說。

「選我啦！揍我！」又有一人說。

一個高個子的眼鏡男想到更好的主意。「踹我的腿一腳，我們法庭外和解，我只收你一億！好不好嘛？」

小喬奔入學校餐廳，那是午休時間唯一肯定空無一人的地方。小喬使勁把門壓向這波學童海嘯，卻只是徒勞無功。他們衝破防線，湧進餐廳。

「排隊不要爭先恐後！」廚娘崔芙太太吼道。小喬走到點餐櫃台前。

「小小喬啊，今天想吃點什麼？」她笑容可掬地說。「我準備了非常刺人的蕁麻湯來打頭陣喲。」

「崔芙太太，今天我沒那麼餓，可能直接跳到主菜就好。」

「主菜是雞胸肉。」

「哦，聽起來不賴。」

「對啊，佐以小狗口水醬。吃素的話，店裡也有酥炸萬用黏土喔。」

小喬深吸一口氣。「嗯，眞難以取捨啊。妳要知道，昨晚我嚐過一點小

狗口水了。」

「好可惜呀。那我就給你一盤酥炸萬用黏土囉。」廚娘邊說邊把一坨藍藍油油、令人作嘔的玩意兒倒入小喬的餐盤。

「不打算吃午餐的話就給我滾！」崔芙太太對依舊蜷伏在門口的人群吼道。

「崔芙太太，小喬他爸有直升機耶。」門後有人這麼說。

「他超有錢的！」另一人說。

「他變了！」第三人說。

「小喬，快點把我的手打廢，我拿個二千萬也開心。」後頭傳來一個微弱的嗓音。

「給我滾！」崔芙太太河東獅吼。人群勉爲其難地撤退，光是隔著污穢的窗戶凝視小喬就覺得滿足。

他用刀子弄掉那坨藍色玩意兒上頭的糊狀物。如今那塊生的馬鈴薯簡直可以媲美珍饈佳饌。過了一會兒，崔芙太太跛著腳走到他的桌子前面。

「他們幹麼全都這樣盯著你？」她親切詢問的同時，將自己沉重的身軀緩緩在他身邊一落。

「這個說來話長啊，崔芙太太。」

「小可愛，不妨跟我說說，」崔芙太太說。「我在學校餐廳當廚娘這麼久了，什麼奇聞軼事沒聽過？」

「好吧，是這樣的……」小喬嚼完嘴裡那一大坨萬用黏土，便將事情的來龍去脈向老廚娘娓娓道來。他爸發明「香屁屁」的經過、他們住在這個金碧輝煌的豪宅的原委、曾經雇用一隻紅毛猩猩當管家（這點她極爲嫉妒）、還有要不是他的白癡老爸在操場降落他的白癡直升機，絕對不會有人發現他的眞實身分。

他話說從頭的同時，其他小朋友還是把他當作動物園裡的動物，繼續隔著窗戶觀賞他。

「小喬，我很遺憾，」崔芙太太說。「可憐的小傢伙，你一定很難受。我不是指窮的那種可憐，你應該懂我意思。」

「崔芙太太，謝謝妳。」小喬很訝異，居然會有人爲擁有一切的人感到遺憾。「這很難熬。我不知道還可以相信誰。好像校園裡的每個小孩現在都想從我身上分一杯羹。」

「是啊，這是一定的。」崔芙太太一邊說，一邊從她包包裡取出瑪莎百貨的三明治。

「妳自己帶便當？」小喬吃驚地問。

「是啊，餐廳裡的食物有夠難吃，噁心死了。」她說。她的手鬼鬼祟祟地伸過桌面、搭在小

喬手上。

「這個嘛，崔芙太太，謝謝妳聽我訴苦。」

「小喬，別客氣。我隨時願意分擔你的煩惱。你要知道——什麼時候找我都行。」她綻露笑顏。小喬也微笑以對。

「那麼……」崔芙太太說。

「我只需要五十萬元動整臀手術……」

假日露營趣

「你這裡漏了一小片。」巴布說。

小喬在操場上彎腰撿起另一片紙屑，扔進史白得小姐慷慨提供的垃圾袋。現在是傍晚五點鐘，操場上沒有其他孩童的身影，只剩下他們和一堆紙屑。

「你不是說要幫忙嗎？」小喬指責他。

「我在幫忙啊！那裡還有一片。」巴布一邊津津有味地嚼著一袋洋芋片，一邊指向柏油路上的另一張糖果包裝紙。小喬彎腰將它撿起。那是張特趣巧克力的包裝紙。八成是那天稍早他自己扔的。

「小喬，我猜你家財萬貫的事已經不是祕密了。」巴布說。「我很遺憾。」

「是啊，紙包不住火了。」

「現在全校的學生應該都想跟你當朋友吧……」巴布輕聲說道。小喬望了他一眼，但巴布刻意迴避目光。

「或許吧，」小喬微笑著說。「但我們在揭密前就當上朋友，意義更爲重大。」

巴布咧嘴一笑。「酷耶！」他說。然後他指向腳邊的地面。「小喬，你那邊又漏了一個。」

「謝了，巴布。」小喬嘆了口氣，再次彎腰，這次撿的是他朋友剛扔的洋芋片包裝袋。

「不好了。」巴布說。

「怎麼啦？」

「葛拉二人組來了！」

「在哪？」

「腳踏車棚。他們想要幹麼？」

這對雙胞胎在車棚後埋伏。他們一瞧見小喬跟巴布便揮揮手。

「我已經分不清哪個比較糟了，」巴布繼續說，「是被他們欺負還是受邀一起喝茶。」

「哈囉，巴布！」葛拉一號喊道，並和另一位左搖右擺地走過來。

兩位校園小霸王冷酷無情地走到他們站立的地方。

「我們在想啊……」葛拉二號繼續說。「這週末要辦露營，你要不要一起來呀？」

巴布以求救的眼神望著小喬。假日跟他們一塊兒露營，聽起來不是什麼誘人的邀約。

「哦，實在是太可惜了，」巴布說。「這週末我很忙欸。」

「那下週末呢？」葛拉一號問道。

「恐怕下週末我也是走不開。」

「那下下週末呢？」葛拉二號問。

「工作一堆……」巴布結結巴巴地說：「我會忙得不可開交、焦頭爛額。真的很抱歉。露營聽起來超好玩的。總之明天見囉，不好意思，實在很想繼續聊，可是我得幫小喬作撿紙屑的勞動服務。掰囉！」

「那明年的哪個週末你有空？」葛拉一號問。

巴布愣了一下。

「呃，嗯……呃……嗯……明年哦，我會超忙的。雖然我露營想去的不得了，可是只能致上無限的歉意了……」

「那後年呢？」葛拉二號問道。「你哪個週末有空？我們的帳篷可是很讚的哦！」

巴布再也隱忍不住了。「聽我說。你們一下欺負我，一下邀我跟你們待在同個帳篷共度週末！現在到底是怎樣啊？」

葛拉二人組望著小喬尋求協助。「小喬？」其中一位雙胞胎說。

「原來以爲對遜咖好易如反掌，」另一位說。「誰知道他居然統統不領情。那你還要我們怎樣呢，小喬？」

小喬蠻明顯地咳了幾聲，可是葛拉二人組似乎沒聽懂暗示。

「你付錢要他們別找我碴，是不是？」巴布質問他。

「不是。」小喬的回答令人難以信服。

巴布轉身面向葛拉二人組。「是不是？」他質問道。

「不是也是……」葛拉二人組說。「我們是說是也不是。」

「他付你們多少錢？」

葛拉二人組以求助的眼神巴望小喬。可惜爲時已晚，他們全搞砸了。

「每人一百塊錢，」葛拉一號說。「小喬，我們看見直升機了。我們不是白癡，你價碼開太低了。」

「就是說嘛！」葛拉二號說。「小喬，你不給我們一人五百塊，就等著被扔進垃圾筒吧。明天我們就要拿到錢。」

葛拉二人組跺步離開。

巴布的眼眶湧現憤怒的淚水。「你以爲有錢就無所不能，是不是？」

小喬一頭霧水。他收買葛拉二人組是爲了幫巴布的忙欸。結果巴布這麼不爽，讓他完全摸不著頭緒。「巴布，我只是想要幫你，我沒有……」

「你要知道，我不是你施捨的對象。」

「這我知道，我只是……」

「只是怎樣？」

「我只是不想再看見你被扔進垃圾筒。」

「好，」巴布說。「所以你覺得葛拉二人組陰陽怪氣又假鬼假怪假好心約我去露營，這樣比較好囉？」

「這個嘛，露營的主意是他們自己想的。但我的確覺得這樣比較好。」巴布搖搖頭。「這也太扯了。你眞是……眞是個……紈褲子弟！」

「什麼？」小喬說。「我這麼做只是在幫你欸！你眞的寧願巧克力被人搶、自己被扔進垃圾筒？」

「對！」巴布吼道。「對，我寧願這樣！我自己的麻煩自己解決，不用你多管閒事！」

「隨你便，」小喬說。「祝你被扔進垃圾筒玩得開心。」

「我會的。」巴布說完便頓足而去。

「俗仔！」小喬吼道，但巴布頭也不回地走了。

小喬獨自一人站在原地，只有一整片的紙屑海圍繞著他。他拿垃圾夾戳起一張火星巧克力的包裝紙。他不敢相信巴布竟然這樣掉頭就走。原本他還以爲自己交到一位朋友，怎知找到的是自私自利、脾氣又壞、而且忘恩負義的……痞子。

12

第三頁的性感尤物

「……結果那個虎姑婆還是罰我撿紙屑！」小喬說。他跟老爸坐在無比光潔、提供千人席位的飯廳桌前，等著享用晚餐。大到很扯的分枝燭台懸吊頭頂，稱不上絕世佳作但要價數億萬的壁畫裝飾著牆壁。

「我都從小機機上扔作業給你了，她還處罰你？」斯巴德先生火冒三丈地說。

「對，太不公平了！」小喬答道。

「我不是爲了讓我兒子被罰撿紙屑，才發明雙面乾濕兩用衛生紙的！」

「我知道，」小喬說。「那個史白得小姐眞是個母夜叉！」

「明天我再飛到學校，把你那個老師痛罵一頓！」

「老爸，拜託不要！你今天現身我就夠糗的了！」

「兒子啊，不好意思。」斯巴德先生說。他看起來有點傷心，這使小喬感到內疚。「我只是想幫忙罷了。」

小喬長嘆一聲。「老爸，只要別重蹈覆轍就行。現在大家都知道我是香屁屁男的兒子，實在搞得很難堪欸。」

「兒子啊，這我也愛莫能助呀！畢竟這是我撈進大把銀兩的生財之道。我們能住進豪宅也全歸功於它。」

「大概是吧，」小喬說。「只要別再坐屁屁航空的直升機或其他什麼鬼的突然現身，好嗎？」

「好吧，」斯巴德先生說。「那你新交的朋友，一切還順利嗎？」

「巴布？他已經不算是我朋友了。」小喬有點垂頭喪氣地說。

「怎麼會？」斯巴德先生問道。「我以爲你們兩個很合得來呢。」

「我爲了幫他，收買那些惡霸，」小喬說。「他們害他日子過得慘兮兮，所以我灑了點鈔票，要他們別找他麻煩。」

「是哦，然後呢？」

「然後被他發現啦。他得知我是幕後操盤手後勃然大怒，還罵我是紈褲子弟！」

「爲什麼？」

「我怎麼知道？他說他寧願受人欺負也不要我幫忙。」

斯巴德先生不可置信地搖搖頭。「我覺得巴布有點像個傻瓜。我要說的是，人一旦像我們這樣坐擁財富，就會遇到很多忘恩負義的傢伙。我覺得巴布這個怪胎走了對你反而比較好。感覺他並不懂沒有錢就萬萬不能的道理。如果他想要悽慘度日，就隨他去吧。」

「是啊。」小喬表示贊同。

「兒子啊，你在學校會交到其他朋友的。」斯巴德先生說。「你是富家子弟，人見人愛。總之有腦袋的就會愛，不像那個傻瓜巴布。」

「這我沒把握，」小喬說。「我的眞實身分曝光之後就難講了。」

「會的，小喬。相信我。」斯巴德先生面帶微笑地說。

服裝整潔到無可挑剔的管家穿過橡木鑲框的雙扇大門、走進飯廳。他誇張地咳了幾聲，吸引主人的注意。「兩位先生，賽菲兒．史東小姐到了。」斯巴德先生迅速戴上他的薑黃色假髮，而第三頁的性感尤物賽菲兒則蹬著她的恨天高馬蹄般達達地步入飯廳。

「抱歉，我遲到了，人家剛在仿曬沙龍。」她大聲宣告。

這不用說也知道。賽菲兒身上的每吋肌膚都塗了仿曬霜，整個人是橘色的。跟橘子一樣橘，橘到不能再橘。不妨想像你見過最橘的人，然後再把他們的橘乘上十倍。她好像覺得自己看起來不夠讓人傻眼，又穿了件萊姆綠色的迷你洋裝，抓著一只粉紅到觸目驚心的手提包。

「她來家裡幹麼？」小喬質問道。

「要有禮貌！」老爸以嘴型默示。

「房子不賴嘛。」賽菲兒環顧壁畫和枝型吊燈，發出讚嘆。

「謝謝，我另外還有十六個家。管家，請通知大廚，我們要吃晚餐了。今晚吃啥啊？」

「先生，吃FOIEGRAS。」管家說。

「那是什麼玩意兒？」斯巴德先生問道。

「先生，是肥鵝肝醬。」

賽菲兒扮了張鬼臉。「給我來包洋芋片就好。」

「我也是！」小喬說。

「也算我一份！」斯巴德先生附和道。

「先生，三包洋芋片馬上來。」管家輕蔑地笑道。

「我的天使，妳今晚看起來好美喔！」斯巴德先生說完便上前向賽菲兒索吻。

「不要把人家的唇線弄糊了！」賽菲兒邊說邊用力把他推開。

斯巴德先生顯然有點傷心，卻設法掩飾自己的難過。「快請坐。這不是我送妳的迪奧新款手提包嗎？」

「是啊，可是這個款式有出八種顏色欸，」她發起牢騷。「應該一週七天，每天拎不同的包嘛。人家還以爲八色你會給我買齊咧。」

「會的，我可愛的公主……」斯巴德先生口沫橫飛地說。

小喬瞪著他老爸，不敢相信他居然會迷上這個爛人。

「上菜了。」管家宣布。

「喏，我美麗的愛之天使，來這邊坐。」斯巴德先生說話的同時，管家爲她抽出一張椅子。

侍者端著銀製托盤走進飯廳，並小心翼翼地把餐盤擱在桌上。管家點了個頭，侍者便掀開銀蓋，三包香醋鹹味的洋芋片即刻映入眼簾。三人開始用餐。起初斯巴德先生爲了故作優雅，試圖用刀叉吃洋芋片，不過很快他就放棄了。

「再過十一個月就是人家的生日了。」賽菲兒說。「所以呢，我列了一小張禮物清單，你要照上面的買給人家哦……」

她的指甲又長又假，幾乎無法從粉紅色的手提包取出那張紙。這就像在園遊會看別人玩永遠也夾不出什麼名堂的夾娃娃機。最後她終於抓住清單，遞給斯巴德先生。小喬從老爸背後偷瞄，看她用潦草字跡寫下的禮物品項：

♥賽菲兒的生日禮物清單♥

一輛純金的勞斯萊斯敞蓬車
五千萬現金
五百副凡賽斯名牌墨鏡
位於西班牙馬爾貝拉的度假（氣派）豪宅
一桶鑽石
一（大）盒金莎巧克力
一艘氣派豪華尊貴超大遊艇
一大池的樂帶魚*
《比佛利拜金狗》的DVD

*我想她指的一定是「熱」帶魚，畢竟魚哪裡還管快不快「樂」啊。

五千瓶香奈兒名牌香水
再五千萬現金
一些金子
偶像八卦雜誌的終生訂閱會員
一架私人噴射機（要全新的，不要二手的）
一隻會說話的狗
只要是名貴物品都好
一百件設計師洋裝（隨便哪幾件，只要貴就行。反正我不喜歡的話，我媽會拿去賣。）
五百毫升的半脫脂牛乳
比利時這個國家

「妳是上天送來的天使，想要什麼禮物我統統買給妳。」斯巴德先生感情用事地說。

「謝了，阿凱。」賽菲兒不顧滿嘴洋芋片，開口說道。

「我是小李。」老爸糾正她。

「哦，對吼，抱歉！哈哈哈！小李！我眞白癡！」她說。

「你在說笑是不是！」小喬說。「你該不會是眞的要買那些東西送給她吧？」

斯巴德先生惡狠狠地瞪了小喬一眼。「兒子，有何不可？」他按捺怒火地說。

「就是說嘛，你這個小飯桶，有何不可？」賽菲兒說。她完全沒有控制脾氣。

小喬猶豫片刻。「很明顯妳只是爲了錢才跟我爸在一起。」

「不許對你媽那麼無禮！」斯巴德先生吼道。

小喬的眼珠差點從眼窩蹦出來。「她不是我媽，她是你的低能女友，而且只比我大七歲！」

「你好大的膽子！」斯巴德先生氣得七竅生煙。「快給我道歉。」

小喬目中無人，保持沉默。

「我說：『快給我道歉』！」斯巴德先生咆哮。

「我不要！」小喬吼道。

「給我回房裡去！」

小喬把椅子往後推，盡可能發出巨大的聲響，然後跺步上樓。至於家裡的佣人則全都假裝視而不見。

他坐在床畔，用雙臂環抱自己。已經很久、很久沒人抱過他了，所以他給自己一個擁抱。他擠壓自己圓滾滾的身材，抽抽答答地啜泣，並開始希望老爸從沒發明「香屁屁」，父子兩人仍跟老媽住在那間租來的廉價公寓。過了一會兒，他聽見敲門聲。小喬硬是悶不吭聲地坐著。

「是你老爸。」

「走開！」小喬叫道。

斯巴德先生打開房門，在床上跟兒子比鄰而坐。他差點害床罩滑到地上，絲綢床單就是中看不中用。

斯巴德先生稍微往他兒子那頭臀跳。

「我不想看我的小斯巴德變成這樣。我知道你不喜歡賽菲兒，可是她讓你爸快樂。你懂嗎？」

「不是很懂。」小喬說。

「我知道因爲那個虎姑婆老師、還有不知感恩的小孩巴布，導致你今天在學校過得很不順。我很抱歉。我知道你很想交朋友，但我卻只會幫倒忙。我會私下跟校長聊幾句，可以的話就想辦法幫你解決這些難題。」

「老爸，謝了。」小喬抽著鼻涕說。「對不起，我沒辦法忍住不哭。」

他猶豫了片刻。「老爸，我是真的愛你。」

「我也是啊，兒子，我也愛你。」斯巴德先生答道。

13 新同學美眉

連續假期過完了，小喬在週一早上返校，發現自己不再是鎂光燈的焦點了。學校裡來了個新同學，因爲她實在美得冒泡、正翻天了，所以每個人開口閉口談得都是她。小喬走進教室，看見她人就在裡面，像是一個令人意想不到的超大禮物。

「今天第一堂課上什麼？」她在大夥兒穿越操場時問道。

「啥？」小喬語無倫次。

「我說，『今天第一堂課上什麼？』」新同學美眉覆述道。

「我知道，我只是懷疑……妳真的在跟我說話嗎？」小喬無法置信。

「對，我在跟你說話，」她笑著說。「我叫作洛兒。」

「我知道。」小喬不確定他記得對方名字這件事，會不會給人太過殷勤或偷窺狂的印象。

「你叫什麼名字？」她問道。

小喬咧開笑臉。校園裡終於有人對他一無所知了。

「我叫小喬。」他對洛兒說。

「那你姓什麼？」洛兒問他。

小喬不願讓她發現他是個香屁屁億萬富翁。「呃，小喬．斯巴達。」

「小喬．斯巴達？」她非常詫異地發問。

「對……」小喬支吾其詞。當時他澈底被她電暈了，導致一時半刻想不出更好的姓氏來替換「斯巴德」。

「斯巴達這個姓很罕見欸！」洛兒說。

「對，大概是吧。不過『答』是答案的『答』。小喬．斯巴答。所以不是三百壯士的『斯巴達』哦。不然也太瞎了啦！哈哈哈！」

洛兒也想跟著笑，可是她看小喬的眼神已有點奇怪。小喬心想：哦，不

好了。我才剛認識這個女生一分鐘，她已經覺得我是怪咖了。他趕忙想辦法轉移話題。「等等要上克朗奇先生的數學課，」他說。

「好的。」

「然後接著要上史白得小姐的歷史課。」

「我討厭歷史，歷史好無聊哦。」

「上了史白得小姐的課，妳會更討厭歷史。她應該稱得上是好老師，但我們大家都討厭她，還給她取了個『虎姑婆』的綽號！」

「超爆笑的！」洛兒咯咯傻笑。

小喬感覺自己要飛上青天了。

這時巴布突然出現在眼前。「呃……嗨，小喬。」

「哦，嗨，巴布。」小喬回打招呼。這兩位前朋友整個連續假期都沒跟彼此見面。小喬每天獨自駕著老爸送的最新一級方程式賽車，在私人賽車道上繞行馳騁；巴布一週多半都在垃圾筒裡度過。無論巴布人在何方，葛拉二人組似乎總有通天的本領找到他、抓住他腳踝往上一抬、扔進最近的一輛垃圾車。這也算是實現巴布的心願啦。

沒錯，小喬很想念巴布，但是現在時機不對，畢竟他正在跟全校最水、而且可能是整個城市最正的美眉說話！

「我知道我們有好一陣子沒見面了。可是……這個嘛……我一直在想那天你被罰撿垃圾時，我們之間的對話……」巴布結結巴巴地說。

「怎樣？」

小喬不耐煩的口吻似乎令巴布略感吃驚，但他還是繼續往下說。「是這樣的，之前吵架的事我感到很抱歉，希望我們還能當朋友。你的桌子可以移回來了，這樣……」

「巴布，我等等再跟你講好不好？」小喬說。「我現在有事要忙。」

「可是……」巴布神情哀傷，脫口而出這兩個字。

小喬充耳不聞。「待會兒見囉。」他說。

巴布只好往前跨步離開。

「他是誰啊？是你朋友嗎？」洛兒問他。

「不不不，他不是我朋友。」小喬答道。「他名叫巴布，可是因爲胖得不像話，所以大家都叫他『遜咖』！」

洛兒又笑得花枝亂顫。小喬覺得有點想吐，不過取悅了這位新同學美眉令他志得意滿，便把作嘔感一股腦兒地吞下肚。

整堂數學課洛兒的目光從沒離開過小喬，在美女關注下的他完全把代數拋到九霄雲外。連上歷史課，她的視線也不偏不倚直視他的方向。就在史白得小姐沒完沒了講述法國大革命的同時，小喬已經開始幻想跟洛兒接吻了。她實在是美得有如仙女下凡，讓小喬巴不得能一親芳澤。不過小喬今年才十二歲，從來沒有和女孩接吻的經驗，自然也不知道該怎麼打啵兒。

「誰是法國一七八九年的國王……斯巴德？」

「老師，妳說什麼？」小喬驚恐地盯著史白得小姐。他完全沒在聽課。

「小鬼，我在問你問題。你根本沒有專心聽課對不對？到底想不想考過這科啊？」

「想啊，老師。我剛有在聽課……」小喬結結巴巴地說。

「那你的答案是什麼，小鬼？」史白得小姐逼問他。「法國一七八九年的國王是誰？」

小喬腦袋一片空白。他很確定答案不是國王凱文二世、國王克雷格四世、或偉大的特雷弗王，因爲國王不可能取那種名字。

「我在等你的答案。」史白得小姐說。這時下課鐘聲響起，小喬心想：我得救了！

「鐘聲是用來提醒老師，不是提醒學生！」史白得小姐強調。呆瓜也知道她會說這句話，彷彿她活著就是爲了說這句話。這句金玉良言八成會刻在她的墓碑上。洛兒坐在史白得小姐站著的後方，而她突然向小喬揮手、吸引他的注意。起初他感到不解，後來發現她正試著比手劃腳、告訴他答案。一開始她做出魚兒水中游的動作。

「國王金魚……幾世？」小喬回答。

全班哄堂大笑。洛兒搖搖頭，於是小喬再試一次。「國王鯖魚？」

班上同學又哈哈大笑。

「國王鯉魚？」

這回他們笑得更厲害了。

「國王鱸魚……啊，國王路易……幾世……」

「小鬼，你說呀？」史白得小姐繼續質問。

洛兒在她身後扳手指比數字。

「國王路易……五世、十世、十五世、十六世！國王路易十六世！」小喬宣布。

洛兒假裝拍幾下手。

「答對了，斯巴德。」史白得小姐狐疑地說，然後轉身開始寫黑板。

「國王路易十六世。」

在踏出教室、迎向和煦春陽後，小喬面向洛兒。「妳剛才真的救了我一條小命。」

「小事一樁。我很喜歡你。」她露出迷人的微笑。

「真的假的？」小喬問她。

「真的！」

「這樣啊，那我問妳哦……」小喬支吾其詞。「妳想不想……」

「想不想什麼……」

「妳想不想，這個嘛，我是說妳大概不會願意啦，事實上妳一定會打我槍的，我要說的是，妳怎麼可能答應呢？妳是個大美女，而我只是個大摳呆，可是……」如今小喬已語無倫次、有點胡言亂語，而且臉羞得緋紅。

「那麼，妳想不想……」

洛兒索性幫他接話。「我想不想放學後跟你去公園散個步，順便吃根冰棒？我很樂意。」

「眞的假的？」小喬無法置信。

「千眞萬確。」

「跟我一起去？」

「對，跟你，跟小喬．斯巴答。」

小喬比他記憶中曾享受的美好時光還要高興一百倍。就算洛兒以爲他姓斯巴答也無所謂。

14 接吻的唇形

「喂！」

原本一切的進展無比順利。小喬跟洛兒坐在公園的長椅上，享用從拉吉之家買來的冰棒。拉吉看得出來小喬想讓美眉刮目相看，於是大肆吹噓、把他捧上天，結帳時還少算他五塊錢，並且讓洛兒免費翻閱八卦雜誌。

不過最後他們逃出報攤老闆的店，在公園裡找到一個安靜的角落，天南地北地聊個沒完，連冰棒都融化了，黏黏的紅色糖水從他們的手指滴落。除了小喬的家庭生活之外，他們無話不談。小喬不願對洛兒撒謊。他對她情有獨鍾，不忍心欺騙她。所以當她問起他父母的職業，他只是輕描淡寫，說爸爸在「排泄物處理」的行業服務；出人意料的是，洛兒竟沒有更進一步追問。小喬使盡渾身解數，只爲了不讓洛兒發現他有錢到超瞎的境界。

自從親眼目睹賽菲兒利用他爸的無恥行徑，金錢使人墮落的道理他就再清楚不過了。

一切進展順利……直到那聲「喂！」讓小喬從天堂掉到地獄。

葛拉雙胞胎二人組一直在鞦韆附近閒晃，巴不得有人過來把他們臭罵一頓，可惜的是警察伯伯、公園管理員跟附近的牧師都有其他要務在身。於是當他們其中一位認出小喬後，便跟另一人咧著嘴笑、蹦蹦跳跳地走去，無疑就是希望害別人日子難過，好爲自己解悶。

「喂！把錢掏出來，不然我們就要請你住垃圾筒！」

「他們在跟誰講話啊？」洛兒輕聲問道。

「跟我。」小喬勉爲其難地說。

「錢咧！」葛拉的其中一員說。「現在拿來！」

小喬把手伸進口袋。也許只要各給他們一張一千塊錢的紙鈔，他們就會放他一馬。起碼換得一天輕鬆。

「小喬，你在幹麼？」洛兒問他。
「我只是在想……」他開始口吃。
「廢人，關你屁事啊？」葛拉一號說。
小喬低頭望著草地，但洛兒將手中吃剩的冰棒遞給他，並從長椅上起身。葛拉二人組心神不寧地轉過身子。他們沒料到挺身而出、和兩人正面交鋒的竟是一個十三歲的小女生。
「坐下！」葛拉二號邊說邊把他／她的手壓在洛兒肩上，逼她坐回長椅。沒想到洛兒居然抓住對方的手往他／她背後扭，再將他／她推落地。另一位葛拉也不甘示弱地衝向她，於是洛兒使出

功夫，凌空一腳把他／她踢倒在地。緊接著，一號從地上躍起、想要抓她，怎知洛兒不是省油的燈，秀出空手道絕技往他／她肩上一劈，他／她只能痛苦尖叫、落荒想逃。

這對雙胞胎雌雄莫辨，所以描述這段打鬥過程難度很高。

小喬覺得該是時候展現身手，於是起身走向葛拉二人組，卻嚇得雙腿抖個不停。這個時候小喬才發現自己手中仍握著兩根融化的冰棒。剩下的那位雙胞胎一度站穩腳步，可是見到洛兒站在小喬身後，他／她便拔腿就跑，發出小狗般的悲嚎。

「妳的格鬥技巧是在哪兒學的？」小喬大爲震驚地問。

「哦，我只是隨便學了點武術啦。」洛兒的答案教人難以信服。

小喬覺得自己找到夢中情人了。洛兒不只能當他的女友，還能扮演他的保鑣！

他們在公園裡穿梭步行。這座公園小喬走過好多遍，但就屬今天看起來特別美。秋日午後的陽光婆娑起舞、濾過樹葉，這一刻小喬的人生似乎一切美好。

「我該回家了。」接近大門時，洛兒這麼說。

小喬試圖隱藏自己的失望。他可以跟洛兒在公園散步一輩子。

「明天我請妳吃午餐怎樣？」他問道。

洛兒微微一笑。「你什麼都不用請我。我很想跟你一起吃午餐，但是我會付錢，懂嗎？」

「這樣啊，妳想付就讓妳付囉。」小喬說。哇，這個女孩好到教人難以置信。

「學校餐廳的食物如何？」洛兒問他。

小喬該用什麼辭彙才能貼切地形容呢？「嗯，這個嘛，如果啊……如果妳正在嚴格節食，那裡會是個好去處。」

「我最愛健康食材了！」洛兒說。她的理解跟小喬的本意有段差距，但在校園裡餐廳確實是個約會聖地，因爲保證裡面鴉雀無聲。

「那明天見囉！」小喬說。

他閉上眼，噘出接吻的唇形，然後靜觀其變。

「小喬，明天見。」洛兒說，接著在小徑上蹦蹦跳跳地走遠。小喬睜開眼、綻露笑顏。他不敢相信自己差一點就跟女生接吻了！

15

整形春秋

今天崔芙太太有哪裡特別怪怪的。她看起來沒變，卻又跟以前不一樣。

小喬一跟洛兒走近點餐櫃台，便發覺她的不同之處。

她臉上鬆垮的皮膚經過拉提。

她的鼻子變小了。

她鑲了牙冠。

她的抬頭紋撫平了。

她的眼袋消失了。

她的皺紋遁形了。

她的胸部變大超級多。

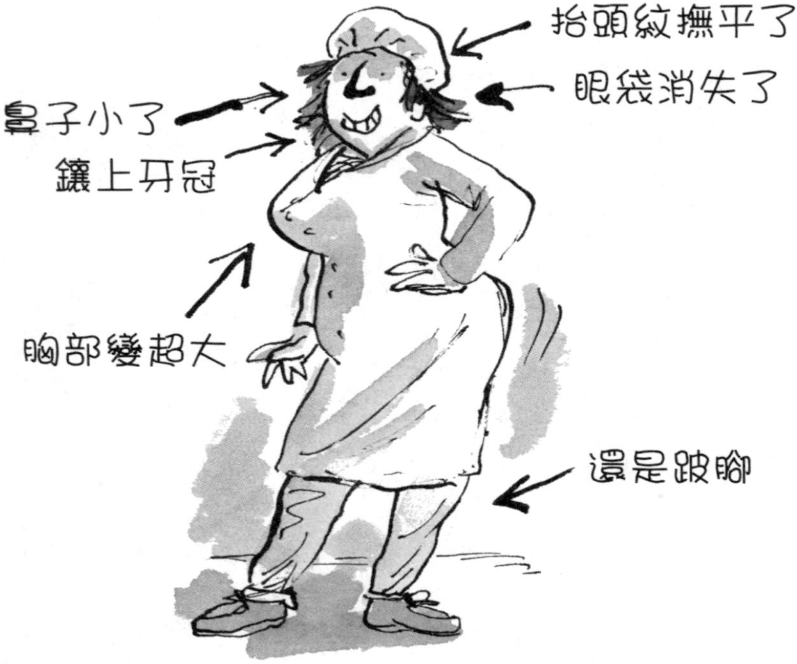

但她還是跛腳。

「崔芙太太，妳看起來跟以前眞的……差好多哦……」小喬目不轉睛地盯著她說。

「有嗎？」老廚娘裝起無辜。「那麼，兩位今天想來點什麼？烤蝙蝠肉加所有的配菜？香皀舒芙蕾？起司加塑膠披薩？」

「眞是，令人難以抉擇啊……」洛兒嗓音顫抖地說。

「美眉，妳是新來的對吧？」崔芙太太問道。

「對，我昨天才轉來的。」洛兒一邊回答，一邊研究餐點，努力挑出最不恐怖的一道菜。

「昨天？這就怪了。我很確定之前在哪兒見過妳。」廚娘端詳洛兒標緻的臉龐說道。「妳看起來很面熟。」

小喬打了個岔。「崔芙太太，妳做整臀手術了沒？」他愈來愈起疑。「我兩週前拿錢讓妳動的那個手術。」他壓低音量，沒讓洛兒聽見。

崔芙太太緊張兮兮，開始嘰哩咕嚕亂講話。「嗯，這個嘛，沒有，親愛的，還沒，你想不想來一大塊我最拿手的內褲水果餡餅啊……」

「妳把我給妳的錢，拿去做其他整型手術了對不對？」小喬嘶聲叫道。一顆汗珠從她臉上淌流而下，撲通一聲滴進她的獾肉鼻涕湯。

「小喬，我很抱歉，我只是，怎麼說呢，其實有好幾個部位我一直很想整……」廚娘懇求道。

小喬火到馬上掉頭就走。「洛兒，我們走吧。」他大聲宣布，她也跟著

他從餐廳破門而出。崔芙太太一瘸一拐地尾隨在後。

「小喬，如果你答應再借我二十五萬，我保證這次會去整臀！」她在他身後叫道。

最後洛兒追上小喬時，只見他獨自一人坐在操場遠處的角落。她把手輕搭在他頭上安慰他。

「借她二十五萬是怎麼回事啊？」她問道。

小喬望著洛兒。如今只能實話實說，再也不能迴避了。「我爸是小李．斯巴德，」他悲痛地說。「香屁屁億萬富翁。我其實不姓斯巴答，當初撒謊只是希望妳不會發現我的身世。其實我家有錢到爆表，可是每當外人得知我的身分……情況就會急轉直下。」

「你知道嗎？今天早上其他同學跟我說了。」洛兒說。

小喬的憂傷一度撥雲見日。他提醒自己：昨天雖然洛兒以爲他只是個平凡無奇的小喬，卻還是跟他一塊兒吃冰棒。說不定這回事情不會搞砸。「那妳怎麼啥都沒說？」他問道。

「因爲這不重要。我一點都不在乎。我只是單純喜歡你這個人。」她說。

小喬差點喜極而泣。說也奇怪，有時人高興到極點，反而會悲從中來。「我也是眞心喜歡妳。」

小喬往洛兒那頭靠近。是時候打啵兒了！他閉上眼、噘起嘴。

「小喬，不行在操場啦！」洛兒笑著把他推開。

小喬爲自己試圖接吻的舉動感到難爲情。「對不起。」他馬上轉移話題。「我只是想爲那個醜八怪做點善事，沒想到她居然跑去隆乳！」

「我知道，這實在太瞎了。」

「重點不在於錢，我不在乎那點小錢……」

「對，問題出在她把你的慷慨視爲理所當然。」洛兒說。

小喬抬頭迎向她的目光。「一點都沒錯！」

「不要那麼難過了，」洛兒說。「你現在需要來點薯條。我請客。」

附近的小吃店裡擠滿學生。午休時間離開校園其實是違反校規的，但學校餐廳的食物噁心到爆，學生也沒多少選擇。葛拉二人組排在隊伍前頭，但一看到洛兒就像見鬼似地逃之夭夭，留下剛炸好、嘶嘶叫的熱狗在櫃台。

他們站在店外的人行道上吃薯條。小喬不記得上回他享受如此簡單的快樂是什麼時候的事了，想必是他很小、很小的時候，在老爸發明香屁屁、一切變調走樣之前。

小喬狼呑虎嚥地把他的薯條吃光，並赫然發現洛兒的份她幾乎都沒碰。雖然他肚子還是沒飽，卻不曉得他們的關係是否進展到可以任意動她食物的地步。照理說只有老夫老妻才會熟到那種程度，而他們根本還沒訂婚。

「妳不吃了嗎？」他放膽一問。

「不吃了，」她答道。「我不想吃太多。下週還要工作呢。」

「工作？什麼工作？」小喬說。

洛兒突然一臉驚慌失措。「我剛說什麼？」

「妳剛說妳要工作。」

「對對對，我在打工。」她頓了一下，然後深吸一口氣。「在一家店裡幫忙……」

小喬起疑了。「在店裡打工爲什麼非得注意身材？」

洛兒一臉不安。「因爲店裡空間超級狹窄，」她說完便瞄了一眼手錶。

「還有十分鐘就要上基礎跟進階數學了。我們最好快點回去。」

小喬不禁眉頭一皺。感覺有什麼怪事正在醞釀……

口袋·薄餅

「虎姑婆死翹翹囉！」一個滿臉豆花的小男孩大聲宣布。

「叮——咚，邪惡的虎姑婆死翹翹了！」還不到早點名的時間，這項消息就像流行性感冒般傳遍整個校園。

「這什麼意思？」小喬邊問邊往班上的座位一坐。他看見巴布坐在教室的彼端，神情哀傷地望著他。小喬心想：他大概在爲洛兒的事吃醋吧。

「你還沒聽說呀？」他身後另一個長了更多雀斑的男孩說。「史白得被炒魷魚啦！」

「爲什麼？」小喬問他。

「誰管這麼多啊？」雀斑稍微少一點的男孩說。「反正再也不用上無聊的歷史課囉！」

小喬先是綻露笑容，但卻又皺起眉頭。雖然他跟大家一樣討厭史白得小姐和她冗長乏味的課，卻不曉得她是否真的犯了什麼滔天大錯、非得丟工作不可。儘管她嚴厲到令人聞風喪膽，卻不失爲一位好老師。

「史白得被炒魷魚了。」一見洛兒走進教室，小喬就對她脫口而出。

「對，我聽說了，」她回答。「眞是天大的好消息，你說對不對？」

「嗯，這個嘛，應該吧。」他說。

「我以爲這是你要的結局。之前你不是說你受不了她？」

「話是沒錯，只是……」小喬猶豫片刻。「只是我呢，怎麼說，有點替她感到難過。」

洛兒擺出一張鄙視的臉。

在此同時，有一幫相貌兇狠的女生坐在教室後排的桌上。其中個頭最嬌小的被推往洛兒的方向，其他女生則得意洋洋地在冷眼旁觀。

「泡麵吃飽了沒？」她刻意逗那幫姐妹開心。

洛兒瞄了小喬一眼。「我聽不懂妳的話。」她提出異議。

「少裝了，」女孩說。「雖然鏡頭前、鏡頭後長相有差，但我非常確定是妳本人。」

「我不知道妳在說什麼。」洛兒有點慌張地說。

小喬還來不及插話，一個穿老人衣服的年輕人走進教室，猶豫地在黑板前就定位。「冷靜一下。」他小聲地說。除了小喬以外，教室裡沒人發現他在說話。

「我說：『冷靜一下……』」

新老師的第二句話跟第一句沒兩樣，音量小到像蚊子在叫。其他小朋友還是完全沒有察覺。事實上，他們發出的噪音更大聲。

「好多了，」瘦小男只好隨遇而安。「好了，你們或許已經知道史白得小姐今天不在……」

「是啊，她被趕走囉！」一個大嗓門的小胖妹吼道。

「這個嘛，沒這回……嗯，也對啦，是這樣沒錯……」老師繼續以他微弱單調的嗓音說話。「現在就由我接手史白得小姐的工作，擔任各位的級任導師以及歷史和英文老師。我姓鮑丙。」他開始將自己的姓氏工整地寫在黑板上。「不過你們叫我寇戴就好。」

全班頓時靜默無聲，三十個小腦袋同時運作。

「口袋．薄餅！」教室後排一個薑黃色頭髮的男生大聲叫嚷。笑聲有如巨浪襲捲教室。小喬原想給這個可憐人一點面子，卻還是笑了出來。

「拜託各位，拜託你們，可以安靜一下嗎？」名字取得很衰的老師懇求大家，可是他的求情徒勞無功，全班已陷入騷動。這位新來的級任導師犯了老師能犯的滔天大錯——取了一個蠢名字。我可不是鬧著玩的，假如你的名字跟下列姓名清單雷同，千萬記得：不要投入教職。

莊．酷（裝酷）	范．茄（番茄）
伊凡．萬易（以防萬一）	喬丁．謝伊（敲定協議）

辛幹．景遠（心甘情願）	巴布．頭（鮑伯頭）
義守．隆（翼手龍）	千力．衍（千里眼）
機．形（畸形）	瑞秋．翩箭（瑞秋偏見）
夢娜．拉特（夢娜樂透）	載踏．厚勉（在她後面）
臥石．曉揚（我是小羊）	迎彰．勝哥（吟唱聖歌）
亭．瀉（聽寫）	櫚．子（驢子）
齊．羅駝（騎駱駝）	羌傑．垠航（搶劫銀行）
橄決．恆海（感覺很嗨）	勞．仁嘉（老人家）
賜格．聞啼（是個問題）	臥得．皮骨愁（我的屁股臭）
臥比須．席澡（我必須洗澡）	吳．水（污水）
馬庫斯．闕習（馬庫斯缺席）	戴．樹（代數）

芭芭拉・海群子瑪（芭芭拉・害群之馬）	茂・沙（貓砂）
勝戴・快勒（聖誕快樂）	提宇・客（體育課）
勞勒・關曼恩（老婆關門）	勞勒・索曼恩（老婆鎖門）
偉恩・包倍（偉恩・寶貝）	投・琵謝（頭皮屑）
藹東・寡（矮冬瓜）	齊・立（起立）
高朝・蝶啓（高潮迭起）	戴・派馳（大白癡）
沙・廖（撒尿）	提力・勞棟（體力勞動）
吳・情（無情）	小丁丁・昌茂相（小弟弟長毛象）
棉・化堂（棉花糖）	奚・瓜（西瓜）

曾·國（榛果）	祝·毅（注意）
春·才（蠢材）	邦邦·唐（棒棒糖）
奧·圖（嘔吐）	郝箱·本當（好像笨蛋）

說正經的，這些名字連想都不用想。班上的學生會使你的人生由彩色變成黑白。

好了，言歸正傳……

「好吧，」名字取得很衰的老師說。「我要來點名了。亞當？」

「別忘了還有俞子·莎樂（魚子沙拉）！」一個金髮的瘦皮猴男孩叫道。全班再度哄堂大笑。

「我不是叫你們安靜了嗎？」鮑內先生可憐兮兮地說。

「還有黃刮·游哥蔣（黃瓜優格醬）！」另一個小孩大聲叫喊。

如今笑聲震耳欲聾。

寇戴・鮑丙雙手抱頭。小喬幾乎要開始同情他了。這個蒼白矮個男的人生從今天起將會變得悽慘無比。

哦，慘了，小喬心想：我們大家考試都別想過了。

17

是誰敲上廁所門

有幾種聲音是你在蹲馬桶時不想聽到的：

火警。

地震。

隔壁間廁所傳來餓獅的怒號。

一大群人對著你喊「驚喜！」。

整棟廁所被一顆大鐵球砸毀。

有人喀嚓一聲按下相機快門。

一條電鰻從馬桶的U形管逆流而上。

有人在牆上鑿洞。

男孩團體在唱歌。（不可否認的是，他們無論何時都不受歡迎。）

有人敲門。

小喬下課時間往男廁的馬桶一坐，聽見的是上面說的最後一種聲音。

叩叩叩。

「誰啊？」小喬不爽地問。

「我是巴布。」回答的人是……沒錯，你猜對了，正是巴布。

「走開啦，我很忙。」小喬說。

「我有話要跟你說。」

小喬按下沖水按鈕，打開廁所的門。

「你想幹麼？」他怒氣沖天地走向洗手台。跟在他身後的巴布還不忘津津有味地嚼著一袋洋芋片。不到一小時前巴布才跟其他學生一樣吃過薯條，但是顯然他很容易就餓了。

「巴布，你不應該在廁所裡吃洋芋片。」

「爲什麼不行？」

「因爲……因爲……怎麼說咧，因爲洋芋片會不開心。」小喬用力轉開水龍頭洗手。「對了，你想幹麼？」

巴布把那袋洋芋片塞進褲子口袋，站在前任朋友的身後。他直視鏡中小喬的雙眼。「跟洛兒有關。」

「她怎樣？」小喬早就料到了。巴布只是在吃醋。

巴布眼神迴避了一下，然後深吸一口氣。「我覺得你不應該相信她。」他說。

小喬轉身，氣到發抖。「你說什麼？」他吼道。

巴布嚇得倒彈。「我只是覺得她……」

「她怎樣？」

「她很假掰。」

「假掰？」小喬感到火冒三丈、七竅生煙。

「很多小朋友都認出她是明星，說在一些廣告什麼的看過她。週末我還看見她跟另一個男生出去。」

「什麼？」

「小喬，我覺得她只是假裝對你有意思。」

小喬把臉湊到巴布面前。他不願這麼火大，這麼失控其實很恐怖。**「你再給我說一次……」**

巴布往後退。「聽著，我很抱歉。我只是想告訴你親眼所見的事實，不是想吵架。」

「你說謊。」

「我沒有！」

「你只是在吃醋，因爲洛兒喜歡我，而你卻是個交不到朋友的胖子。」

「我沒有吃醋，小喬，我只是替你擔心。我不希望你受傷。」

「是嗎？」小喬說。「你說我是紈褲子弟的時候，感覺眞的很替我擔心欸。」

「老實說，我……」

「巴布，不要來煩我好不好？我們已經不是朋友了。之前我是同情你才會跟你說話，就是這樣。」

「你說什麼？你『同情我』？」巴布眼淚盈眶。

「我不是那個意思……」

「怎樣？因爲我很癡肥？因爲其他小朋友欺負我？因爲我爸死了？」巴布開始用吼的。

「不……我只是……我不是那個意思……」小喬也不知道自己要說什麼。他把手伸進口袋，掏出一疊千元紙鈔給巴布。「聽著，我很抱歉，這你拿去，給你媽買點好東西。」

巴布一掌把小喬手裡的錢打翻，鈔票飛落濕答答的地板。「你好大的膽子！」

「我做錯什麼了？」小喬抗議。「巴布，你是怎麼了？我只是想要幫你而已。」

「我不用你幫。我再也不要跟你講話了！」

「隨便你！」

「還有，大家同情的對象應該是你。你很可悲。」

巴布奪門而出。

小喬長長地嘆了一口氣，然後往地上一跪，開始慢慢撿起一張張濕掉的紙鈔。

「太扯了！」稍晚洛兒笑著說。「我哪是演員啊？就連學校話劇可能都沒我的份！」

小喬也想一笑置之，可是他無法這麼一派輕鬆。他們同坐在操場上的長椅上，在寒風中微微發抖。下一句話他難以啓齒。他想要知道事實，卻又不敢面對眞相。他深呼吸。「巴布說他看見妳跟另一個男的在一起。眞有這回事嗎？」

「什麼？」洛兒反問他。

「週末的時候。他說他看見妳跟別人在一起。」小喬直視她，試圖解讀她的臉部表情。她的心事似乎一度從眼底露出。

「他是個騙子。」一會兒過後她這麼說。

「我也這麼覺得。」小喬如釋重負地說。

「癡肥的大騙子。」她繼續說。「眞不敢相信你居然跟他當過朋友。」

「這個嘛，只當過一下子而已。」小喬侷促不安地說。「我已經跟他撕破臉了。」

「我討厭那傢伙，撒謊的肥豬。答應我，你再也不會跟他說話。」洛兒逼他發誓。

「這個嘛……」

「小喬，快答應我。」

「我答應妳。」他答道。

這時一陣陰風吹過操場。

18 旋風3000

洛兒認爲連署請願讓史白得小姐復職的活動不會有太多人響應。

結果眞被她說中了。

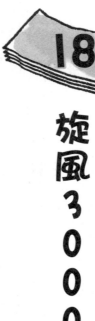

一天下來，小喬只得到三個人——他自己、洛兒、以及崔芙太太的簽署。廚娘之所以會簽名，是因爲小喬答應試吃她做的倉鼠屎餡餅。沒想到這道菜嚐起來比它的菜名更可怕。儘管這張請願書實質上沒比一張白紙好到哪兒去，但小喬還是覺得值得把少數人的心聲轉達給校長。雖然他一點也不喜歡史白得小姐，卻不明白她爲什麼慘遭解雇。再怎麼說，她都是個盡責的好老師，無疑比那個烤餅還是什麼名字很衰的老師要好得多。

「小朋友，你們好！」校長祕書爽朗地說。巧比太太是個身材臃腫的樂天女，她戴的眼鏡鏡框顏色總是鮮豔無比。她老是坐在校長室自己專屬的書桌後頭。事實上，從來沒人看過她起身。她體態豐腴到說她永久被嵌進椅子裡也不無可能。

「麻煩妳，我們是來找校長的。」小喬表明來意。

「我們有份請願書要遞給他。」洛兒抱持支持的態度補充說明，並展示手中的那張紙。

「請願書呀！眞有意思！」巧比太太眉開眼笑。

「對，爲了讓史白得小姐復職。」小喬很有男子氣概地說，但願這樣可以使洛兒刮目相看。他一度漫不經心地考慮爲了強調立場，要把拳頭狠狠往桌上搥，但又不想打翻巧比太太一系列蒐藏豐富的幸運娃娃。

「哦，是的。史白得小姐是位非常棒的老師，我也不曉得她爲什麼會被解雇。不過，孩子們，很抱歉，你們跟達斯特先生擦身而過了。」

「眞是的。」小喬說。

「對啊，他剛走。哦，你們看，他人在那兒。」她用其中一根肥如香腸

又戴了寶石的手指指向停車場。小喬跟洛兒向窗外看去，只見校長拄著助行架以蝸牛的速度徐徐前進。

「達斯特先生，慢一點啊，不然你受傷了該怎麼辦！」她在他身後叫喚，接著轉身面向小喬跟洛兒。「我說什麼他聽不見。不過事實上他啥也聽不見！要不要把請願書留給我？」她歪著腦袋端詳了文件一會兒。「哦，親愛的，簽名怎麼都褪色啦？」

「原本期望可以號召多一點人的。」小喬虛弱地說。

「這樣啊，如果你們用跑的，說不定能追上他喲！」巧比太太說。

小喬和洛兒互換微笑，慢慢走到停車場。令他們意想不到的是，達斯特先生竟把他的助行架扔到一邊，然後手腳並用跨坐在一台閃亮全新的哈雷戴維森摩托車上。那是台全新的噴氣動力旋風３０００。小喬之所以一眼就認出它來，是因爲他老爸小小珍藏了三百輛摩托車，而且老是把新型重機型錄秀給兒子看，告訴他自己要買哪台。這輛要價七百五十萬元的「超機車」是所有出廠的重機中要價最昂貴的。它比車還寬、比卡車要高、比黑洞更黑。

它閃耀著一種跟校長助行架截然不同的金黃光芒。

「校長！」小喬放聲呼喚，可是爲時已晚。達斯特先生已戴上安全帽、催動引擎。他啓動那頭野獸，而牠就以時速一百六十公里的疾速從其他老師簡陋的座車旁呼嘯而過。牠速度快到校長只能用手緊抓龍頭，衰老瘦弱的兩條腿則懸在他身後的半空中擺盪。

「爽耶耶耶耶耶耶耶耶耶耶耶……」校長一邊驚呼一邊和他荒謬的坐騎在瞬息之間一起消失在遠方、變成地平線上的一個小點。

「這幾件事實在太詭異了。」小喬對洛兒說。「先是虎姑婆被炒魷魚，然後校長又得到一輛價值七百五十萬元的重機……」

「小喬，你太敏感啦！這只不過是巧合罷了。」洛兒笑道。「那麼，請我共進晚餐的邀約還有效嗎？」她又補了一句，馬上轉移話題。

「當然，當然，」小喬熱切地說。「一小時後跟妳在拉吉之家門口碰面好嗎？」

「好。待會兒見囉。」

小喬也堆滿笑容，目送她離開。

只不過小喬心中那圈圍繞著洛兒的金亮光環，已經開始暗沉。他突然察覺到事情離譜到非比尋常……

19 狒狒的屁股

「也許只是你們校長爆發中年危機。」拉吉說。

小喬離校回家的途中，在報攤小舖駐足，把今天發生的怪事告訴拉吉。

「達斯特先生差不多一百歲了。他早就過中年很久了吧！」小喬說。

「智多星，我要說的是，」拉吉繼續往下說：「他或許只是想要再感受一次青春的滋味。」

「但那是全世界最貴的一輛重機耶！要價七百五十萬元。他只是個在學校裡教書的，又不是足球明星，怎麼可能付得起？」小喬宣布他的推論。

「這我就不曉得了……我又不是偵探瑪波小姐，也不是偉大的福爾摩斯。」拉吉先是在店裡左顧右盼，然後收起嗓門、竊聲私語，「小喬，有件

事我得問你，不過它可是最高機密。」

小喬也跟著壓低音量。「儘管講。」

「小喬，這件事很難爲情，」拉吉低語。「你用不用你爸發明的特製衛生紙啊？」

「用啊，這還用問嗎，拉吉？有誰不用的？」

「這個嘛，他新推出的產品我用好幾個禮拜了。」

「薄荷口味的香屁衛生紙嗎？」小喬問他。香屁屁系列的品目極多，其中包括：

溫屁香——輕輕一擦，您的屁屁立即感受溫暖。

仕女屁香——爲女性屁屁特別設計的嬌柔衛生紙。

薄荷屁香——在您的屁屁留下一抹清新的薄荷香氛。

「對，不過……」拉吉深吸一口氣。「後來我的屁股全變……紫了。」

「變紫？」小喬詫異地笑道。

「這件事可不是鬧著玩的。」拉吉責怪他，然後突然抬起頭來。「一份《每日郵報》加一包巧克力，一共是一百五十塊錢。力多先生，小心別讓巧克力黏在假牙上了。」

他等這位領養老金的老公公離開店內後，門隨即叮的一聲響鈴關上。

「剛剛明明沒看到他在店裡，他一定是躲在洋芋片後面埋伏。」拉吉說。他略顯驚恐，深怕老人家聽到什麼不該聽的。

「拉吉，你在開玩笑吧？」小喬揶揄地笑道。

「小喬，我可是認真到極點。」拉吉一臉凝重地說。

「那快給我看！」小喬說。

「小喬，我不能露屁屁給你看啦！我們又沒有很熟！」拉吉驚呼。「不過我可以粗略地畫張圖表給你。」

「圖表？」小喬問道。

「要有耐心，小喬。」

於是小喬看著拉吉抓了紙筆，畫了一張簡易的圖表：

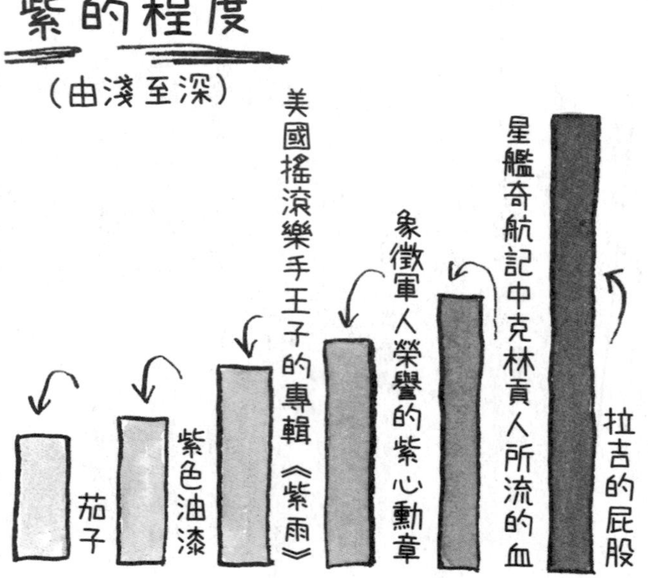

「哇，眞的有夠紫耶！」

小喬一邊研究圖表一邊說。

「痛不痛啊？」

「一點點痛。」

「那你看醫生了沒？」小喬問他。

「看了，他說他看了好幾百個住在附近的病患，他們的屁股都變得色彩鮮豔。」

「哦，這下子不好了！」小喬說。

「說不定我必需去動植臀手術咧！」

小喬情不自禁地哈哈大

笑。「植臀手術？」

「對啊！小喬，這可不是兒戲。」拉吉斥責他。他眼中流露受傷的神情，誰教他的屁股竟淪爲別人的笑柄。

「是，對不起。」小喬還是不停傻笑。

「我應該會停用你爸新推出的香屁屁產品，改用以前我老婆買的閃亮白衛生紙。」

「我很確定不是衛生紙的問題。」小喬說。

「不然是什麼問題？」

「聽著，拉吉，我得先閃人了，」小喬說。「我邀了女友待會兒去我家玩。」

「哎喲，交了女友啦？是不是上次你來買冰棒帶的那位美眉呀？」報攤老闆爽朗地說。

「對，就是她。」小喬靦腆地說。「這個嘛，我不曉得她算不算是女朋友，不過最近我們一直朝夕相處……」

「那就祝你有個愉快的夜晚啦！」
「謝啦。」小喬走到門口又轉身面向報攤老闆。他就是情不自禁。
「哦，對了，拉吉，祝你植臀順利……」
「謝啦，我的麻吉。」
「希望醫生能找到一塊夠大的屁屁植給你！」小喬笑道。
「給我滾！滾！快滾！」拉吉說。
叮。
「沒禮貌的小孩。」報攤老闆一邊面帶微笑地咕噥，一邊重新擺放店裡的巧克力棒。

20 捲在毛裡的海灘球

香屁屁塔的樂聲震天作響，五光十色的燈在每間房裡迷離轉動。數百名賓客把宅邸擠爆。這場轟趴絕對會被人檢舉噪音過大。

而且投訴者遠至瑞典。

小喬壓根不曉得今晚家裡要舉行派對。吃早餐的時候老爸啥都沒提，所以小喬才邀洛兒到家裡共進晚餐。他選在週五晚上，這樣他們才能熬夜。一切都將無懈可擊，說不定今晚他們還有機會接吻呢。

「不好意思，我沒想到家裡會搞成這樣。」小喬一面道歉，一面跟洛兒走向宅邸門前的巨石階。

「沒關係，我超愛轟趴的！」洛兒回答。

夜幕低垂，陌生人手抓香檳瓶、跌跌撞撞地走出宅邸，小喬牽著洛兒的手，領她踏進宏偉的橡木門。

「哇，你家超豪華的。」洛兒扯開嗓門，蓋過音樂。

「什麼？」小喬說。

洛兒把嘴巴湊到小喬的耳畔，讓他把話聽清楚。「我說：『哇，你家超豪華的。』」可是小喬還是聽不見。他感受到她氣息的溫度如此貼近，於是嗨到最高點，一度失去聽覺。

「謝謝！」小喬對著洛兒的耳門回吼。她的肌膚聞起來甜如蜜。

小喬整個家都搜遍了，就是找不著老爸。每個房間都塞滿賓客，但小喬卻一個都不認識。他們到底是誰啊？豪飲雞尾酒、狂吃小點心，縱情飲食到好像明天就是世界末日。矮不隆咚的小喬發現自己實在很難從這一道道人牆中找到人。他爸不在撞球室、不在飯廳、也不在按摩室。他不在另一間飯廳、也不在他的臥室、也不在爬蟲類動物館。

「我們去泳池找找看吧！」小喬對洛兒耳朵吼道。

「你家還有泳池哦！酷斃了！」她回吼道。

他們途中看到一個女人彎腰對著蒸氣室嘔吐，旁邊的男人（應該是她男友）則輕拍她的腰背表示安慰。派對賓客要嘛跳進池裡，要嘛跌落池中，在水裡載浮載沉。小喬喜歡游泳，但一想到這些人想噓噓的話可能會懶得起來，直接在泳池洩洪，他心中便充滿了陰影。

就在這個時候，他找到老爸了——沒想到他只穿了條泳褲、戴著黑人頭捲捲假髮，正在忘情跳舞，但舞步跟正在播放的歌曲完全不搭。他身後的牆上掛了一幅很大的自畫像，男主角雖然是他，但肌肉卻變得異常發達，穿了條丁字褲斜倚畫中。眞實版的斯巴德先生在壁畫前隨著音樂胡亂搖擺，像極了一顆被捲在毛裡的海灘球。

「老爸，現在是怎樣？」小喬扯開嗓門吼道，一方面是因爲音樂太吵，另一方面則是氣他爸完全沒向他提起派對的事。「這些人是誰？他們是你朋友嗎？」

「哦，不是啦，他們是我花錢請來的。每人兩萬五。只要上網孤狗『派

對賓客』就找得到。」

「爸，那你幹麼沒事開轟趴？」

「這個嘛，你一定會很高興，因爲我跟賽菲兒訂婚了！」斯巴德先生嚷道。

「搞什麼？」小喬無法掩飾內心的震驚。

「天大的好消息，對不對？」老爸喊叫。音樂聲還是咚吱咚吱強力放送。

小喬不願相信這個事實。那個腦殘的三八眞的要變成他的後母嗎？

「我昨天向她求婚，被她拒絕了，不過今天我捲土重來，外加一只超大的鑽戒，然後她就答應了。」

「斯巴德先生，恭喜恭喜。」洛兒說。

「妳一定是我兒子的同學吧？」斯巴德先生笨嘴笨舌地說。

「斯巴德先生，沒錯。」洛兒回話。

「叫我李哥就好。」斯巴德先生笑容滿面地說。「快來見見賽菲兒。賽菲兒！」他大聲嚷叫。

賽菲兒蹬著一雙令人傻眼的恨天高，又穿著更讓人無言的黃色比基尼。

「我今生今世最愛的漂亮寶貝，給小喬的朋友瞧瞧訂婚戒指好嗎？光是那顆鑽石就要十億呢。」

小喬定睛觀看他未來後母手指上戴的鑽戒。只見它比鴿子蛋還大，她懸蕩的左臂也因承載過重的鑽石，垂得比右臂更低。

「呃……呃……哦……它好重哦，我手都抬不起來了。不過妳彎腰的話就能看見囉……」賽菲兒說。洛兒走近看個仔細。

「我好像在哪兒見過妳耶。」賽菲兒說。

斯巴德馬上插話。「沒啦，我的唯一眞愛，沒這回事。」

「我眞的見過她！」賽菲兒說。

「沒啦，我的心肝寶貝！」

「歐買尬！我知道我在哪兒看過妳了！」

「快點閉嘴，我的巧克力甜心公主！」斯巴德先生說。

「妳拍過泡麵廣告！」賽菲兒驚呼道。

小喬面向洛兒，她卻頭低低的、盯著地板。

「那支廣告棒呆啦，你也看過啊，小喬。」賽菲兒口若懸河地說。「新出的酸辣口味，她得使出空手道擊退那些想偷泡麵的人！」

「原來妳眞的是明星！」小喬氣急敗壞地說。廣告的畫面轉爲清晰、浮現他的腦海。她現在頭髮的顏色不一樣了，而且沒穿那套黃色連身小貓裝，但那的確是洛兒本人沒錯。

「我先告辭了。」洛兒說。

「說什麼沒交男友，也是騙人的對不對？」小喬質問她。

「小喬，掰掰。」洛兒丟下這句話之後就落跑了，在泳池的賓客中穿梭奔逃。

「洛兒！」小喬在她身後呼喚。

「兒子啊，讓她走吧。」斯巴德先生傷心地說。

但小喬還是在她身後追，就在她抵達石階時追上了。他一把抓住她的胳臂，力道比他預期的大，而她也痛得轉身。

「哎喲！」

「妳爲什麼要騙我？」小喬結結巴巴地說。

「小喬，這就別提了。」洛兒說。她突然變了個人似的，口吻更像上流社會人士，面容也沒那麼親切了。她眼中的晶亮閃爍消失殆盡，圍繞她的光環如今也成了陰影。「你不會想知道的。」

「我不會想知道什麼？」

「聽好了，既然你非得知道不可的話，其實是你爸看到我拍的泡麵廣告，然後打給我的經紀人，說你在學校待得很不開心，付錢給我當你的朋友。一切本來進行得很順利，哪知道後來你想要親我。」

她三步併作兩步躍下石階，在長長的車道上愈跑愈遠。小喬目送她離去的身影好一會兒，最後心痛到非得彎下腰才能止痛。

他跪倒在地。一名派對賓客從他身上跨過，但小喬連頭都沒抬一下。他覺得自己難過得腰再也直不起來。

21 化妝文憑

「老爸！」小喬尖叫。他從沒這麼惱羞成怒過，也希望以後再也不會火大到這種程度。他直奔泳池跟爸爸正面對質。

斯巴德先生看見兒子迎面而來，緊張地拉挺頭上的假髮。

小喬呼吸急促地站在他爸面前。他氣到說不出話來。

「兒子啊，對不起。我以爲你要的就是朋友。我只是想讓你在學校裡好過一點，所以把你討厭的那個老師趕走了，還幫你校長買了台機車。」

「所以說……你害得一位老太太被炒魷魚……然後，然後……你……付錢要一個女生喜歡我……」

「我以爲這是你想要的。」

「什麼？」

「聽著，我可以再買另一個朋友給你。」斯巴德先生說。

「你就是聽不懂是不是？」小喬尖聲吼道。「有些東西是錢買不到的。」

「像是什麼？」

「像是友情。像是感覺。像是愛情！」

「其實錢買得到愛情。」賽菲兒開口，但她的手還是抬不起來。

「爸，我討厭你，我恨死你了。」小喬吼道。

「小喬，別這樣，」斯巴德先生懇求著說。「聽著，拜託你冷靜一下。我開張兩億元的支票好嗎？」

「哦，太好了。」賽菲兒說。

「你的臭錢我一毛都不要了。」小喬輕蔑地說。

「可是，兒子啊……」斯巴德先生慌亂地說。

「我無論怎樣都不想變成你這副德性……一個摟著腦殘幼齒未婚妻的中

年男子！」

「你放尊重點，本人可是拿過化妝文憑的。」賽菲兒氣鼓鼓地說。

「我再也不想看見你們兩個！」小喬說。他衝出泳池間，途中把那個擋路的嘔吐女推進泳池，然後在身後重重關上那道大門。斯巴德先生的自畫瓷磚有其中一塊從丁字褲的部位掉到地上砸個粉碎。

「小喬！小喬！等一下！」斯巴德先生放聲吶喊。

小喬在成群的賓客間迂迴穿梭，跑到樓上的臥室，再緊緊把門關上。房門沒有鎖，於是他索性抓了張椅子，把它嵌在門把底下，讓門打不開。在咚吱咚吱、震耳欲聾的樂聲中，小喬一把抓起包包，開始把衣物往裡頭塞。他不知道離家要走去哪裡，所以不曉得需要帶些什麼。他只知道他不想在這棟荒謬的房子裡多待一秒。他拿了兩本最愛的書（《神偷阿嬤》跟《臭臭先生》這兩本書爆笑又暖人心扉，超級好看）。

然後他看向架上所有昂貴的玩具跟小東西，目光停留在他爸當年還在工廠上班時，做給他的小小捲筒衛生紙火箭。他記得那是他八歲的生日禮物。那時他爸媽還沒離婚，小喬覺得那可能是他上一次真正感到幸福的時光。

他伸手要去拿火箭的同時，房外響起巨大的敲門聲。

「兒子啊，兒子，讓我進去……」

小喬不發一語。他覺得自己跟這個人已經無話可說。他早在多年前就失去了爸爸。

「小喬，別這樣。」斯巴德先生說。接著門外一度悄然無息。

砰砰砰砰砰。

小喬的老爸試圖把門撞開。「把門打開！」

砰砰砰砰砰砰砰砰砰砰砰砰砰砰砰砰砰砰。

「什麼我都給你了！」如今他把全身的重量都壓在門上，但椅腳英勇地往地毯陷得更深。

砰砰砰砰砰砰砰砰砰砰砰砰砰砰砰砰砰砰砰砰砰砰砰砰砰砰砰砰砰砰砰砰砰砰砰砰。

然後小喬聽見比之前微弱許多的一聲撞擊，看來老爸投降了，身子倚著房門。接著嘎吱一聲，他肥大的身軀抵著門往下滑，又傳來幾聲抽抽答答的啜泣。之後門縫的光源就被擋住了。他爸一定是跌坐在地上。

小喬覺得無比自責。他知道只要打開房門就能終結老爸的痛苦，於是一

度把手搭在椅子上。可是他念頭一轉：要是我現在開門，**什麼都不會改變**。

小喬深吸一口氣，手一抬抓起包包走向窗畔。他慢慢打開窗戶，沒讓老爸聽見，然後爬到窗檯上。小喬回望臥室最後一眼，跳進黑暗之中，寫下人生嶄新的一頁。

22 新的開始

小喬使盡全力疾速狂奔——老實說，他跑得沒那麼快，只是自我感覺良好。他跑過那條永無止盡的漫長車道、躲過警衛的盯哨、翻牆而過。那道圍牆的功用到底是不讓別人進來還是防止他溜出去啊？以前他從來沒想過這個問題，但現在已經沒時間把心思花在這上頭了。小喬必須馬不停蹄，一路跑下去。

小喬只知道他要從那裡逃離，卻不知道該逃往何處。他無法跟他的笨老爸在這棟爛房子裡多待一秒。小喬在馬路上跑個不停，耳朵只聽見自己愈來愈急促的氣息，嘴裡還嚐到一絲血味。他很後悔當初沒在學校的越野賽跑再跑賣力一點。

夜已深了，超過十二點了。街燈無意義地照亮這座空蕩蕩的小城。小喬抵達市中心，便漸漸停下腳步。整條馬路上只停了一輛車。小喬發現他形單影隻，頓時打了個寒顫。這時他才察覺自己大逃亡的事實。他從黑漆漆的肯德基窗戶注視自己的倒影，只見一個年僅十二歲無處可去的小胖弟在回望他。一輛警車緩緩無聲地從路上開過。該不會是派來找他的吧？小喬躲進一個大塑膠桶後面。油脂、番茄醬、跟熱食硬紙板的氣味令人作嘔，差點害他窒息。小喬摀住嘴，免得發出聲音。他可不希望被警察找到。

警車拐過轉角後，小喬便放膽步上街頭。他就像隻逃出牢籠的倉鼠，一直緊貼著邊邊角角。**可以去找巴布嗎**？小喬在心裡畫了個叉。先前他被那個名叫洛兒還是什麼蠢名字的女生沖昏頭，成天只想著跟她見面，讓他唯一的朋友大失所望。至於崔芙太太，縱使她看起來悲天憫人、樂於傾聽，可是事實證明她只是在覬覦他的萬貫家財。

那拉吉呢？小喬心想：對耶。他可以跑去跟那個紫屁股的報攤老闆住呀。小喬可以在冰箱後面搭一個帳篷，安全地躲在那裡，每天看八卦雜誌，狂吃稍微過期的糖果跟餅乾。他想不到比那更逍遙的生活啦。

小喬的思緒奔馳，沒過多久他也狂掃雙腿，穿越馬路往左轉。再過幾條街就到拉吉之家了。此時他聽見頭頂黑壓壓的空中某處傳來朦朧的呼嘯聲。後來呼嘯聲愈來愈大，轉爲唧唧作響，最後是嗡嗡嗡地響個不停。

原來是一架直升機。探照燈在大街小巷舞動著。擴音器裡傳來斯巴德先生的嗓音。

「小喬．斯巴德，我是你爸。立刻投降。我再說一遍，立刻投降。」

小喬衝進美體小舖的門口。探照燈差一丁點就掃到他了。鳳梨和石榴香味的沐浴精、以及火龍果腳底磨砂霜的味道竄進他的鼻孔，搔得他好癢。小喬聽見直升機從頭頂經過，旋即跑到對街，躡手躡腳地穿過必勝客，再到達樂美的店門口尋求庇護。就在他往外一踏、衝過義大利餐廳的當下，直升機又咻地一聲繞回頭頂。小喬突然被困在探照燈的聚焦中心。

「不准動。我再說一遍，不准動。」嗓音如雷貫耳。

小喬抬頭直視光源，身體則因螺旋槳葉的力道顫抖不停。「滾開！」他吼道。「我再說一遍，滾開！」

「小喬，現在就給我回家。」

「不要。」

「小喬，我叫你……」

「我聽見你說的了，我不要回家。我再也不會回家了！」小喬吶喊道。站在耀眼的光圈中，他覺得自己像是登上舞台，表演一齣極度戲劇化的學校話劇。

直升機暫時在頭頂呼嘯，擴音器嗶嗶剝剝地陷入沉默。

於是小喬趁機快閃，往居家電子用品店後頭的小巷狂奔，穿過停車場，再繞過藥局的背面。不久之後，直升機就只剩遙遠的嗡嗡響，音量不會大過

徹夜未眠的小鳥啁啾。

小喬抵達拉吉之家，輕敲了金屬百葉窗幾下。沒人應門，於是這回他握起拳頭，使勁敲到百葉窗都隨之震動。還是沒人吭聲。小喬看了一下手錶，現在是凌晨兩點，怪不得拉吉不在店裡。

看樣子小喬會是第一個餐風露宿的億萬富翁了。

23

拉吉的過去

「你在這裡幹麼？」

小喬不知道他究竟是醒著，還是夢到自己醒了。他整個人動彈不得，身子凍僵了不說，而且每個部位都痠痛不已。雖然小喬還沒辦法睜開雙眼，卻非常清楚自己不是從立著四根帷柱、鋪絲稠床單的床上醒來。

「我問你，你在這裡幹麼？」那個人又說話了。小喬不解地皺起眉頭。他的管家沒有操印度腔啊。小喬努力將濃濃睡意的緊閉雙眼睜開，只見面前一張大大的笑臉。

原來是拉吉。

「斯巴德少爺，你在這麼奇怪的時間跑來這裡做什麼？」報攤老闆和藹可親地問他。

黎明的第一道曙光開始劃破幽暗，小喬這才漸漸發覺自己身在何方。他夜裡爬進拉吉之家外頭的廢料車，然後在車裡睡著了。幾個磚塊當他的枕頭，防水布是他的羽絨被，一塊佈滿灰塵的木門則成了他的床墊。難怪他全身上下沒有一處不疼。

「哦，呃，哈囉，拉吉。」小喬低沉沙啞地說。

「小喬，你好。我剛正準備開張卻聽見有人在打呼，結果就發現你啦。你要知道，我真的很意外。」

「我才沒有打呼呢！」小喬抗議。

「很抱歉，我必須實話實說：你會打呼。現在能不能請你行行好，爬出廢料車、進我店裡，我想我們得好好聊一聊。」拉吉語氣極其嚴肅地說。

小喬心想：哦，大事不妙。我把拉吉惹毛了。

雖然拉吉無論就年紀跟身材來說都是個大人，但他卻沒有師長的架子，想要把他惹毛真的困難到爆。有次小喬學校的一個女生想從店裡偷走一包起司口味的零食，卻被他逮個正著，拉吉罰她不准進報攤整整五分鐘。

這位渾身滿布灰塵的億萬富翁爬出廢料車。拉吉拿一疊八卦雜誌當小凳子給他坐，又把一份《金融時報》裹在他肩上，彷彿它是一條笨重的粉紅色毛毯。

「小喬，你一定整晚在外面受寒，現在非得先吃點早餐不可。來杯加熱的果汁汽水如何？」

「不了，謝謝。」小喬說。

「那我煮兩顆巧克力蛋？」

小喬搖搖頭。

「小子，你得吃點什麼。我把巧克力棒烤一烤好嗎？」

「不了，謝謝。」

「那一碗豐盛的醃洋蔥口味玉米餅乾呢？再加熱牛奶？」

「拉吉，我真的不餓。」小喬說。

「這樣子啊，我老婆對我的飲食控制很嚴，現在早餐只准我吃水果。」

拉吉邊說邊拆開一顆柑橘巧克力。「那你要不要跟我說昨晚怎麼會躲在廢料車裡睡覺呀？」

「我離家出走。」小喬向他宣布。

「我也猜到了。」拉吉口齒不清地說，同時咀嚼著多片柑橘巧克力。

「哦，果核。」他說著說著便把什麼玩意兒吐在掌心。「但你爲啥要這麼做？」

小喬一副侷促不安的模樣。他覺得事實跟他老爸一樣令他蒙羞。「這個嘛，你還記得我曾經帶一個女生來跟你買冰棒吧？」

「記得，記得！我不是說在哪裡見過她嗎？跟你說，她昨晚有上電視耶！而且還拍泡麵廣告！那你後來跟她接吻了沒？」拉吉興奮地叫嚷。

「沒。她只是假裝喜歡我罷了。我爸付錢要她當我的朋友。」

「哎呀，」拉吉說。笑容從他的臉上消逝。「這麼做不對。這樣是大錯特錯。」

「我討厭他。」小喬火氣很大地說。

「小喬，別說這種話。」拉吉驚恐地說。

「可是我眞的討厭他。」小喬邊說邊轉頭面向拉吉，他的眼中燃起怒火。「我恨死他了。」

「小喬！不准你再說這種話了。他是你爸爸。」

「我討厭他。只要我還活著，就再也不要再見到他。」

拉吉試探性地伸出手，搭在小喬肩上。小喬的憤怒立刻化爲悲傷，他頭一低，把臉埋在自己的大腿上哭泣。當眼淚退去、流至全身上下時，他的身子不由自主地顫抖。

「小喬，我能體會你的痛苦，我感同身受。」拉吉放膽一說。「從你說話的語氣，我知道你眞的很喜歡那個女孩。不過我猜你爸，怎麼說咧……只是想要讓你開心。」

「都怪他那麼有錢啦。」小喬泣不成聲。「錢毀了一切，我甚至爲了錢失去唯一的朋友。」

「難怪我好一陣子沒看到你跟巴布在一起了。究竟是怎麼啦？」

「我就像個蠢蛋，對他說了很惡劣的話。」

「哎呀。」

「我付錢給流氓，要他們別找他的碴，因此跟巴布大吵一架。我覺得這是在幫他，可是他整個人氣炸了。」

拉吉緩緩地點了個頭。「你知道嗎？小喬……」他慢條斯理地說。「對我來說，你對巴布做的事，其實跟你爸對你做的事差不到哪兒去。」

「或許我眞是個紈褲子弟，」小喬對拉吉說。「就跟巴布說的一樣。」

「亂講。」拉吉說。「你做了一件蠢事，而且必須爲此道歉。但巴布講理的話就會原諒你。我看得出來你心地善良，這樣做也是出於善意。」

「我只是希望他們不要再欺負他了！」小喬說。「我以爲，只要付錢給他們……」

「這個嘛，小朋友，這樣阻止霸凌只是治標不治本哪。」

「人家現在知道了啦。」小喬坦承道。

「你想付錢了事，他們只會回來跟你要更多。」

「是是是，我當時只是想幫他嘛。」

「小喬，你要明白，錢不能解決所有的問題。說不定最後巴布會自己挺身而出，對抗惡勢力啊。錢不是解答！你知道嗎？我以前有錢的不得了呢。」

「眞的假的？」小喬馬上爲自己太過驚訝的反應感到難爲情。他抽了抽鼻涕，用衣袖拭去臉上的淚水。

「當然是眞的啊。」拉吉答道。「我曾經是一家大型連鎖報攤的老闆呢。」

「哇！拉吉，那你旗下有幾間店？」

「兩間。不騙你，我一個禮拜能賺好幾千塊回家哦。老子我要什麼有什麼。什麼麥當勞六塊雞塊？我能吃九塊！我還不惜砸下重金買了台閃亮亮的全新二手福特汽車。就算跟百視達租ＤＶＤ晚一天還片，被罰五十塊，大爺我也不心疼！」

「那，嗯，也是啦，聽起來你人生經歷過很大的高低起伏。」小喬不曉得還能說些什麼。「後來出了什麼事？」

「小小喬啊，開兩間店意味著我得拉長工時，卻忘了花時間陪我最心愛的人——我的老婆。我花大把銀兩買奢侈的禮物送她。一盒又一盒的薄荷巧克力、從居家電子用品店的目錄挑選鍍金項鍊、還在大賣場訂購平價設計師款洋裝。我以爲這樣就能使她幸福，但她眞正的心願只是能有多點時間跟我作伴。」拉吉苦笑著做出這個結論。

「這也是我的心願！」小喬驚呼。「我要的只是多點時間和我爸作伴。那些臭錢我一點都不希罕。」小喬說。

「好啦，我相信你爸非常愛你，他一定擔心到連身體都壞了。我帶你回家吧。」拉吉說。

小喬望著拉吉，勉強擠出一絲笑容。「好吧，但途中我們可不可以先去找一下巴布？我有話要跟他說。」

「可以，你這麼做應該是對的。好吧，我應該有他的地址，因爲他媽都叫我送《鏡報》去他家。」拉吉一邊說，一邊開始翻閱他的通訊錄。「還是

《電訊報》？又或者是《運河巡禮週報》？我總是記不得。啊，找到了。溫頓莊園112號公寓。」

「離這裡有好幾公里遠欸。」小喬說。

「小喬，你別擔心。我們騎拉吉超跑去！」

24 拉吉超跑

「這就是拉吉超跑？」小喬問道。

他跟拉吉望著一輛小女孩騎的三輪車。它漆成粉紅色的，車前有個白色小菜籃，就算對六歲的女童來說也還是太小。

「沒錯！」拉吉趾高氣昂地說。

拉吉提到拉吉超跑時，小喬心中浮現蝙蝠俠的酷炫蝙蝠車、或００７龐德的座駕奧斯頓·馬汀，不然最起碼也是狗狗史酷比的箱型車。

「你不覺得這輛車對你來說太小了嗎？」他問道。

「我在網拍花兩百塊買的。照片裡車子看起來大多了，賣家肯定是叫侏儒站在車旁邊拍的照！不過這個價錢也算是給我撿到便宜了。」

小喬心不甘情不願地坐進車前的菜籃，拉吉則往坐墊一坐。

「抓緊啦，小喬！拉吉超跑猛得很！」拉吉說完便開始踩踏板，於是三輪腳踏車開始緩緩移動，輪子每轉一圈就會嘰嘰叫。

叮咚。

「哪位？」一位和藹可親但面容哀傷的婦人在112號公寓門口問道。

「請問，妳是不是巴布的媽媽？」小喬問她。

「我是。」婦人說。她瞇眼打量他。「你一定是小喬。」她用一種不是很友善的口吻說。「你的事巴布都跟我說了。」

「哦，」小喬侷促不安地哦了一聲。「如果可以的話，我想見見他。」

「他可能不想跟你見面。」

「我有很重要的事，」小喬說。「我知道之前對他太過分了。但現在我想要好好彌補。拜託妳啦。」

巴布的老媽嘆了口氣，然後把門打開。「那就進來吧，」她說。

小喬跟著她踏進這間小小的公寓。整個家都可以塞進他的獨立衛浴間了。這棟房子往日的光采不再。壁紙從牆上剝落，地毯也有多處破損。巴布的老媽領小喬穿過走廊，來到巴布的臥室門口敲他房門。

「什麼事？」房間裡傳來巴布的嗓音。

「小喬來找你囉。」巴布的老媽回他。

「叫他走開啦。」

巴布的老媽難爲情地看著小喬。

「巴布，不許這麼沒禮貌。快開門。」
「我不想跟他說話。」
「那我還是走好了？」小喬低語道，身子朝大門轉了一半。巴布的老媽搖搖頭。
「巴布，馬上給我開門。聽見了嗎？馬上！」
房門緩緩開了。還沒換掉睡袍的巴布杵在那兒盯著小喬。
「你想幹麼？」他質問道。
「想跟你說話。」小喬答覆。
「那就說啊。」
「要不要我幫你們兩個做早餐？」巴布的老媽問道。
「不必，他馬上就要走了。」巴布回答。
巴布的老媽嘖了一聲，在廚房隱沒。
「我來只是爲了跟你道歉。」小喬急到語無倫次。
「現在道歉有點太晚了吧？」巴布說。

「聽著，對你說了那些重話，我真的非常抱歉。」

怒氣沖沖的巴布挑釁地說：「你之前真的很惡劣。」

「我知道，我很抱歉。我只是不曉得你幹麼那麼氣我。我付錢給葛拉二人組，也只是希望你不用受這麼多罪……」

「對，可是……」

「我知道，我知道，」小喬急忙搶話。「現在我明白這麼做是不對的。我只是想向你解釋當時我的感受。」

「真正的朋友應該要挺我、支持我，而不是到處秀白花花的錢，以爲灑灑鈔票問題就會消失。」

「巴布，現在我知道了，我是個蠢蛋，一個又胖又臭的大蠢蛋。」

巴布擺明想要憋笑，卻還是忍不住微露笑意。

「還有啊，洛兒的事也被你說中了。」小喬繼續往下說。

「你是說她很假掰的事？」

「對，我發現我爸付錢要她當我的朋友。」小喬說。

「這我是不知道，不過你一定很傷心。」

一想起昨晚在派對上有多難堪，小喬的心就隱隱作痛。「沒錯。我真的很喜歡她。」

「看得出來。你連真正的朋友是誰都忘了。」

小喬覺得好內疚。「我知道……我真的很抱歉。我真的很喜歡你，巴布。這是我的真心話。學校裡就只有你一個小朋友是真心喜歡我這個人，而不是只貪圖我的錢。」

「小喬，我們以後別再吵架了好嗎？」巴布微笑著說。

小喬也綻露笑顏。「其實我真正要的只是一個朋友。」

「小喬，你還是我的朋友呀。永遠都是。」

「聽我說，」小喬說。「我有東西要給你。算是我向你陪罪的禮物。」

「小喬！」巴布沮喪地喊道。「聽好了，假如禮物是什麼新的勞力士手錶或一大筆錢，那我可不要，知道了嗎？」

小喬微微一笑。「不是啦，只是一根巧克力棒。我們分著吃可以吧？」

小喬取出巧克力棒，巴布在一旁咯咯竊笑。小喬見狀也跟著笑了。他拆開包裝紙，把其中一塊遞給巴布。可是正當小喬準備大塊朵頤，將巧克力跟淋上焦糖的餅乾吞進肚裡時……

「小喬！」巴布的老媽在廚房叫道。「你最好快點過來。你爸上電視了……」

破產

面容憔悴。這是唯一能形容小喬老爸目前慘況的辭彙。斯巴德先生穿著睡袍站在香屁屁塔外。他哭紅了眼，對著攝影機講話。

「我已一無所有。」他一字一句緩緩地說，整張臉隨著情緒起伏而震顫。「我失去了一切，但只求我的兒子能回來。我的寶貝兒子。」

接著斯巴德先生淚如泉湧，非得歇口氣不可。

小喬望向巴布和他老媽。他們都站在廚房裡緊盯電視螢幕。「他這什麼意思？什麼叫一無所有？」

「這是即時新聞，」她答道。「現在全民都要告你爸，因爲香屁屁產品害大家的屁股都變紫了。」

「什麼？」小喬答腔。他又將視線轉回電視。

「兒子啊，如果你在看電視……拜託你回家吧。求求你。我需要你，我好想你……」

小喬伸手觸摸螢幕。他忍不住熱淚盈眶。嘶嘶作響的微弱靜電在他的指尖跳動。

「你最好回去找他。」巴布說。

「對。」小喬回答，可是他嚇得動彈不得。

「如果你跟你爸需要找地方落腳，歡迎暫住我們家。」巴布的老媽說。

「對啊，歡迎。」巴布插嘴道。

「非常感謝，我會轉告他的。」小喬說。「那我得先走了。」

「好。」巴布說。他張開雙臂、擁抱小喬。小喬記不得上次是誰抱過他了。這可是砸再多錢都買不到的。巴布也是個抱抱高手，他全身又鬆又軟。

「那待會兒見囉。」小喬說。

「我會做牧羊人烤派給你們。」巴布的老媽面帶微笑地說。

「我爸超愛牧羊人烤派的耶。」小喬答話。

「這我記得，」巴布的老媽說。「我跟你爸以前是同學呢。」

「真的假的？」小喬問她。

「真的，以前他頭髮比較多、錢比較少！」她半開玩笑地說。

小喬也輕笑了幾聲。「非常地感謝你。」

電梯壞了，所以小喬衝下樓，沿途奮不顧身地碰撞牆壁。他直奔公寓外的停車場，拉吉正在那裡等他。

「拉吉，目標香屁屁塔。全速衝刺！」

拉吉使勁踩腳踏板，吃力地在街上騎三輪車。他們在途中經過了一家競爭對手的報攤，小喬注視店外架上的報紙頭條，結果發現老爸攻佔了所有的頭版。

《泰晤士報》寫著：香屁屁醜聞。

《電訊報》表示：億萬富翁斯巴德面臨傾家蕩產。

《快報》疾書：香屁屁對臀部有害。

《衛報》詢問讀者：你的屁股變紫了嗎？

《鏡報》砸下狂語：香屁屁的紫臀夢魘！

《郵報》語不驚人死不休：女王有個狒狒的屁股。

《每日星報》疾呼：屁屁恐慌來襲。

《太陽報》宣布：高貴辣妹換髮型囉。

這個嘛，是幾乎每份報紙的頭版啦。

「拉吉，你說中了！」坐車加速騎向公路的小喬說。

「什麼事我說中了？」報攤老闆一邊問，一邊拭去額頭的汗水。

「香屁屁的事。它害大家的屁股都變紫了！」

「就跟你說了吧！檢查過你屁股了沒？」

小喬昨天下午離開拉吉之家後，發生了太多晴天霹靂的狀況，導致他完全把這碼事忘了。「沒。」

「那還等什麼？」報攤老闆催促他。

「停車！」

「什麼？」

「我說：『停車』！」

拉吉猛一轉向，將拉吉超跑停在路邊。小喬躍下菜籃，回頭把褲子背面往下拉一點點。

「怎麼樣？」拉吉問他。

小喬回頭往後看，眼前出現的竟是兩大片腫脹的紫屁股。「是紫的！」

再讓我們看看拉吉畫的圖表吧。假如要把小喬屁股的色度也加進來，結果會像下面這個圖表：

總之小喬的屁屁超級超

紫的程度

(由淺至深)

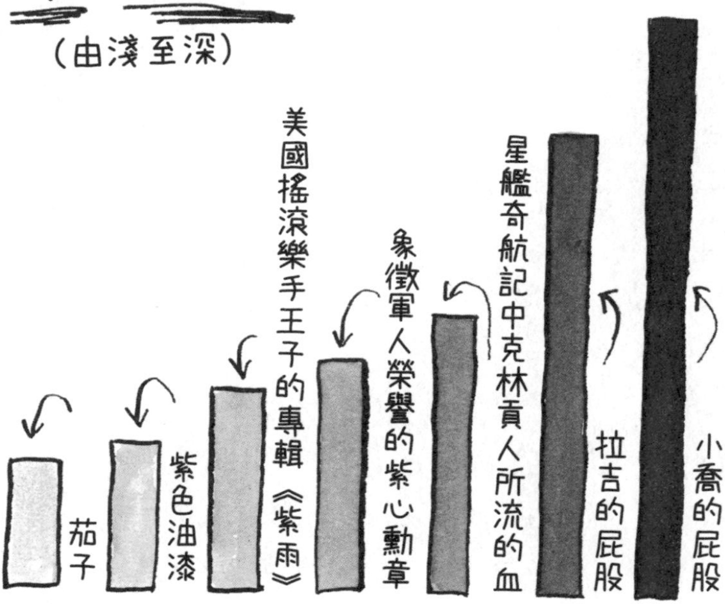

級超……的紫。

他們接近香屁屁塔的同時，小喬發現有上百名的記者和攝影人員在他家大門外守候。他們一靠近，鏡頭就全轉向兩人，百來個閃光燈閃個不停。人潮擋住他們的去路，拉吉別無選擇、只能停下三輪車。

「你已上了天空新聞台！請問令尊面臨破產，你作何感受？」

小喬嚇得啞口無言，但身穿雨衣的男人們還是扯開嗓門，用連珠砲的問題伺候他。

「ＢＢＣ新聞台。你們有沒有擬出方案，補償全球上百萬屁股變紫的消費者？」

「ＣＮＮ電視台。你認爲令尊會面對刑法上的指控嗎？」

這時拉吉清了清嗓子。「各位先生，請容我在這裡簡短說明。」

所有的攝影機轉向這位報攤老闆，現場一度靜默無聲。

「位於伯爾索佛街的拉吉之家將舉辦玉米零嘴的特賣會，買十包送一包！限時搶購哦。」

記者全都大聲嘆氣，不滿地暗自嘀咕。

叮鈴！

拉吉按了幾聲三輪車的車鈴，記者人海便讓路給他和小喬，讓他們順利通行。

「非常感謝！」拉吉尖聲笑道。「我還有些過期的巧克力棒半價優待！只有一點發霉！」

鈔票飛滿天

拉吉在漫長的車道上使勁踩著腳踏板，小喬則驚恐地望著停在大門的一排卡車。許多穿著皮衣的彪形大漢把他爸收藏的畫、佈置家裡的枝型吊燈、添購的鑲金高爾夫球棒搬出家門。拉吉停下三輪車，小喬跳出菜籃、奔上巨石階。這時賽菲兒足蹬著一雙瞎到爆的恨天高、拎著一個巨無霸行李箱和很多手提包，行色匆匆地出門。

「別擋路！」她斷聲叫道。

「我爸人呢？」小喬質問她。

「我不知道，我也不在乎！那個白癡把錢都賠光了啦！」

她跑下台階，不料鞋跟斷了，人也跌了一跤。行李箱摔在石頭地板上爆開。暴風雪似的鈔票吹至半空滿天旋繞。賽菲兒見狀驚叫連連、嚎啕大哭，她跳呀跳的，拼了命地要抓住鈔票。小喬回望著她，感到既憤怒又同情。

然後他衝進屋內，如今家徒四壁，什麼都被搬光了。小喬硬是擠過查封官，三步併作兩步地穿過富麗堂皇的螺旋梯。途中他和兩個虎背熊腰的壯漢擦身而過，對方正在偷他們家那長達幾百公里的競速賽車道。小喬有那麼千分之一秒感到懊悔，但還是繼續往前跑，破門進入他爸的臥室。

房間空蕩蕩地，在空寂中近乎寧靜。背對房門、駝著背、坐在光禿禿床墊上的人就是他老爸，他身上只穿了件背心和內褲，肥胖的長毛四肢跟禿頭兩相對照，形成強烈對比。查封官連他的假髮都沒收了。

「老爸！」小喬叫道。

「小喬！」他爸轉過身子，臉哭得又紅又腫。「我的兒子，我的兒子！你回家啦。」

「老爸，對不起，我不該離家出走的。」

「我很氣自己搞出洛兒那件事，傷了你的心。我只是希望你能開心。」

「我知道，我都知道。老爸，我原諒你。」小喬往他爸身旁一坐。

「現在我一無所有。什麼都沒了，就連賽菲兒都跑了。」

「老爸，她應該不是你的眞命天女。」

「她不是？」

「不是。」小喬答話的同時盡量不讓自己的頭搖得太用力。

「好吧，或許你是對的。」老爸說。「兒子啊，我們房子沒了、錢沒了、連私人噴射機也沒了，現在該怎麼辦呢？」

小喬把手伸進褲子口袋，掏出一張支票。「老爸？」

「兒子，怎麼啦？」

「前幾天我翻口袋，結果找到這個。」

老爸仔細端詳，原來是他開給兒子當生日禮物的一億元支票。

「我還沒兌現，」小喬興奮地說。「這就還給你，之後你可以在哪兒給我們買棟房子，就算買了房子，還會剩一大筆錢。」

爸爸抬頭望著兒子。小喬不曉得他爸究竟是喜是悲。

「兒子啊，非常感謝。你是個乖孩子，眞的好棒。可是我很抱歉，只能跟你說這張支票一文不值。」

「一文不值？」小喬備顯震驚。「怎麼會？」

「因爲我銀行戶頭是空的，」老爸向他解釋。「太多人要對我提出法律訴訟，所以銀行凍結我所有的帳戶。我現在破產了。要是我一開支票你就拿去兌現，我們現在還能保住一億元。」

小喬感到有點恐懼，不敢相信自己居然莫名砸鍋了。「老爸，你會不會生我的氣？」

老爸注視著小喬，淺淺一笑。「不會，我很高興你沒拿鈔票兌現。那些金山銀山從來沒能帶給我們幸福，對吧？」

「對，」小喬說。「事實上只帶給我們憤怒。另外我也得向你道歉，先前你幫我把功課帶來學校，我卻因爲難爲情而對你大小聲。巴布說得沒錯，有時候我的表現確實像個紈褲子弟。」

老爸咯咯竊笑。「這個嘛，是有一點啦！」

小喬往老爸那頭屁屁彈跳。他需要人家抱一下。

就在此時，兩名魁梧的查封官走進房間，其中一名說：「床墊我們必須拿走了。」

斯巴德父子毫無反抗，起身讓他們帶走房裡最後一樣東西。

老爸湊到兒子面前，在他耳畔低語。「兒子啊，假如你臥室裡有什麼想留的，我現在就幫你去拿。」

「爸，我什麼都不要。」小喬回答。

「肯定有什麼是你想留的吧。名牌墨鏡、金錶、你的iPod……」

他們目送兩個男人從斯巴德先生的臥室把床墊搬走。這下子房間真的全空了。

小喬思忖了一下。「那還真有件東西。」他說完便走出房間。

斯德巴先生走到窗畔。他莫可奈何，只能眼睜睜地看著皮衣男搬走他所擁有的一切，銀製餐具、水晶花瓶、古董家具、一切的一切……並將它們裝進卡車。

過了一會兒，小喬又現蹤了。

「有沒有想辦法拿到什麼？」老爸急著問他。

「只拿到一樣東西。」

小喬攤開手，給爸爸看那個捲筒衛生紙小火箭。

「怎麼拿這個？」老爸問道。他不敢相信這玩意兒這麼舊了，兒子竟然還留著，更不可思議的是，它還是他整個家裡唯一想要搶救的東西。

「這是你給過我最好的禮物。」小喬說。

老爸淚眼矇矓。「但這只不過是一個捲筒再黏上半個捲筒呀。」他說。

「我知道。」小喬說。「但這是你用愛做的。對我而言，它的意義遠超過所有你買給我的貴重禮物。」

老爸情緒激動地無法自持，渾身顫抖了起來，用他那又短又肥的長毛胳臂圈住兒子。小喬也用他那又短又肥但毛少一點的胳臂圈住老爸，還把頭靠在老爸的胸膛，感覺上頭沾濕了淚水。

「老爸，我愛你。」

「我也是……我是說，兒子，我也愛你。」

「老爸……」小喬試探性地說。

「怎麼啦？」

「你喜不喜歡牧羊人烤派配茶？」

「我全世界最愛的就是它了啦。」老爸面帶微笑地說。

父子緊緊相擁。

小喬終於得到他心底最深的渴求。

後記

那故事裡的角色後來怎麼了呢？

斯巴德先生太喜歡巴布老媽做的牧羊人烤派，所以最後娶她爲妻。現在他們每晚都拿烤派配茶。

小喬和巴布不只一直是最麻吉的好友——他們的爸媽結婚之後，這兩個小男生也順理成章變成異父異母的兄弟。

賽菲兒跟一整支英超聯賽的足球隊訂婚。

拉吉和斯巴德先生開始合作想點子，希望有朝一日這些創意發想能使他們成爲兆萬富翁。五根一組的巧克力、皇后尺寸的巧克力棒（大小介於國王尺寸跟一般尺寸之間）、咖哩肉口味的薄荷糖。不過到目前爲止，這些點子都沒讓他們賺到一毛錢。

還是沒有人能分辨葛拉二人組哪個是男、哪個是女，就連他們的爸媽也分不出來。這對雙胞胎因爲壞事幹多了，後來被送往美國的少年改造營。

校長達斯特先生於一百歲生日當天從學校退休，現在他整天騎著重機享受疾速快感。

歷史老師史白得小姐復職了，而且往後的每一天都罰小喬撿紙屑的勞動服務。

名字很衰的老師寇戴・鮑丙改名了，改成蘇珊大嬸。結果根本沒啥幫助。

洛兒繼續爲她的演藝事業打拼，可是唯一的亮點是——在以醫院爲背景的電視劇《急診室》中飾演屍體。

校長的祕書巧比太太從未從椅子上爬起來。

女王的屁股始終是紫的。她在聖誕節年度致詞時，露屁屁給全國人民看，並稱之爲她「可怕的一年」。

崔芙太太終於出版了一部暢銷食譜《噁心的101道料理》，由晨星出版社發行。

謝辭

我要感謝以下幾位人士的協助，使本書順利出版。首先感謝東尼．羅斯爲本書插畫。再來我想感謝安珍妮．莫塔，她負責哈潑．柯林旗下的所有童書，謝謝她親切待人，而且總是提供寶貴的意見。接下來我要感謝編輯尼克．雷，他的工作是幫我校訂故事情節和文中角色，要是沒有他，故事就寫不出來。呃，其實寫得出來啦，只是如果我不在這裡提一下他的大名，恐怕他會淚如雨下。

本書的封面是由詹姆士．史蒂芬設計，內頁則是由艾羅林．葛蘭操刀。

我的宣傳公關是山姆．懷特，要是你看見我上英國的電視節目兜售這本書，請別怪我這麼落魄，是他要我這麼做的。感謝最棒的行銷經理莎拉．班頓。銷售總監凱特．曼寧跟維多莉亞．布朵也勞苦功高。還要感謝審稿編輯莉莉．摩根和校稿專員蘿瑟琳．透納。另外要感謝我的獨立版權公司的經紀人保羅．史帝文斯。

當然還得感謝所有的讀者，謝謝你購買這本書。說實在的，你不該花時間讀謝辭，因爲這個部分太無聊啦，你要趕快把故事看完。都看完了嗎？那你可以再看一次。畢竟它已經被稱作是「史上最棒的故事書之一」，不過這是我媽說的。老媽，謝啦。

David Walliams

大衛・威廉幽默成長小說

《神偷阿嬤》

定價：250 元

小班最討厭每個週末都必須到阿嬤家過夜，因為阿嬤超無聊的，只會玩拼字遊戲跟煮甘藍菜料理，連放出的屁都是甘藍菜味。

後來他發現「無聊的老太婆」只是阿嬤的偽裝，「國際頭號珠寶神偷」才是她不為人知的真面目，小班因而開始期待每個週末的到來。神偷阿嬤一生中有個求之不得的寶貝，那就是英國女王的整套王室珠寶。但是突如起來的摔跤意外，讓阿嬤在醫院病床上了無生氣，為了幫助阿嬤完成畢生夢想，小班決定練習各種逃生技巧，參與竊取行動！危機四伏，隨時都有可能被逮的任務，祖孫倆人能一同達成嗎？

《臭臭先生》

定價：250 元

蔻洛伊在學校沒有朋友，還遭受霸凌，在家也不得媽媽的疼愛。某天蔻洛伊鼓起勇氣和街友臭臭先生成為朋友，但媽媽為了競選國會議員，提出把街友趕出社區的政見，使得蔻洛伊可能失去唯一的一位朋友。

於是蔻洛伊決定幫臭臭先生找一個「家」！沒想到此舉意外引發記者與輿論關注，而蔻洛伊也在這之中開始發現臭臭先生不凡的身世，這位臭臭先生，將為蔻洛伊一家帶來什麼樣的改變呢？

《巫婆牙醫》

定價：320 元

阿飛最討厭看牙醫了，最後一次看牙醫是六歲時，鑽牙機的刺耳聲嘎嘎作響、拔牙鉗摩擦牙齒的感覺非常可怕。就算滿口牙齒黃黃黑黑也覺得沒關係，班上很多同學都跟他一樣。

學校來了一位新牙醫——露特女士，用糖果當作獎勵，大家都開心極了！但奇怪的事情接二連三的在夜晚發生，大家把掉下來的牙齒放在枕頭下祈求獲得硬幣，隔天早上醒來時，枕頭下方卻是數百隻不斷鑽動的蟲子在爬行！邪惡正在悄悄蔓延，露特女士似乎不只是普通的牙醫……

David Walliams

大衛·威廉幽默成長小說

《爺爺大逃亡》

定價：320 元

傑克很喜歡聽爺爺說二戰時期，駕駛噴火式戰鬥機的英勇事蹟。但是不知從哪天開始，爺爺開始忘東忘西，甚至忘了自己已經退休，述說二戰時的冒險故事，變得越來越真實，以為自己還在打戰。

當症狀越來越嚴重時，爸媽把爺爺送進了暮光之塔，但是傑克發現暮光之塔的院長跟護士們行跡詭異，於是決定營救爺爺，和爺爺一同翻天覆地鬧出一場二戰時的囚禁戲碼，成就一場驚險又刺激的大逃亡？

《壞爸爸》

定價：350 元

法蘭克的爸爸是一名碰碰車賽車手，是賽車場上的天王，他獲獎的次數無人能敵。但是有天晚上，爸爸的愛車「女王號」失控發生了意外，爸爸也因為重傷必須截肢，賽車手生涯被迫結束。

儘管頓失收入，爸爸仍是法蘭克心中崇拜的英雄。可是某天，爸爸得意著新工作可以賺很多錢，法蘭克偷偷溜出門跟蹤爸爸，卻發現爸爸跟一群凶神惡煞攪和在一起，而且他們還逼爸爸在鎮上開起飆速飛車！爸爸到底怎麼了？這群壞蛋又是誰？那個人還是法蘭克心目中的英雄嗎？

大衛威廉幽默成長小說 1～6

定價：1740 元

《神偷阿嬤》《臭臭先生》
《小鬼富翁》《巫婆牙醫》
《爺爺大逃亡》《壞爸爸》
套書合輯。

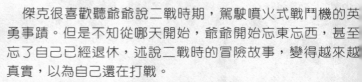

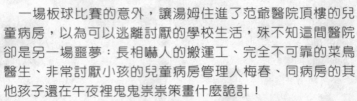

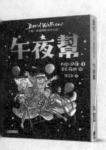

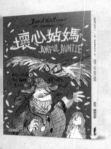

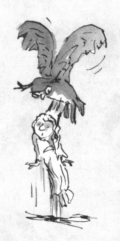

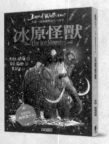

國家圖書館出版品預行編目資料

小鬼富翁 / 大衛・威廉著 ; 東尼・羅斯繪 ;
謝雅文譯. -- 初版. -- 臺中市 : 晨星,
2014.12

面; 公分.--(蘋果文庫;59)

譯自:Billionaire Boy

ISBN 978-986-177-933-1(平裝)

873.59 103019330

蘋果文庫 059

小鬼富翁

作者|大衛・威廉、繪者|東尼・羅斯、譯者|謝雅文
主編|郭玟君、責任編輯|林儀涵
封面設計|黃裴文、美術設計|張蘊方

創辦人|陳銘民
發行所|晨星出版有限公司、台中市407工業區30路1號
TEL:(04)23595820 FAX:(04)23550581
E-mail:service@morningstar.com.tw
http://www.morningstar.com.tw
行政院新聞局局版台業字第2500號
法律顧問|陳思成律師
初版|西元2014年12月15日
八刷|西元2023年11月20日

讀者服務專線|TEL:(02)23672044 /(04)23595819#212
讀者傳眞專線|FAX:(02)23635741 /(04)23595493
讀者專用信箱|service@morningstar.com.tw
網路書店|http://www.morningstar.com.tw
郵政劃撥|15060393(知己圖書股份有限公司)
印刷|上好印刷股份有限公司司
ISBN|978-986-177-933-1
定價|250元

蘋果文庫 悄悄話回函

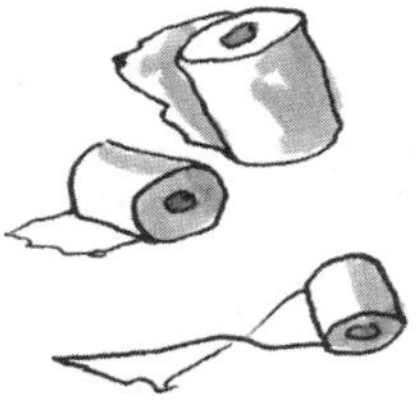

親愛的大小朋友：

感謝您購買晨星出版蘋果文庫的書籍。即日起，凡填寫此回函並附上郵資55元（工本費）寄回晨星出版，就可以獲得精美好禮乙份！

打★號為必填項目

★購買的書是：小鬼富翁＿＿＿＿＿＿＿＿＿＿＿＿＿＿＿＿＿

★姓名：＿＿＿＿＿＿＿＿＿　★性別：□男 □女　★生日：西元＿＿＿＿年＿＿月＿＿日

★電話：＿＿＿＿＿＿＿＿＿　★e-mail：＿＿＿＿＿＿＿＿＿＿＿＿＿＿＿＿

★地址：□□□ ＿＿＿＿＿ 縣／市 ＿＿＿＿＿ 鄉／鎮／市／區

＿＿＿＿＿ 路／街 ＿＿ 段 ＿＿ 巷 ＿＿ 弄 ＿＿ 號 ＿＿ 樓／室

職業：□學生／就讀學校：＿＿＿＿＿＿　□老師／任教學校：＿＿＿＿＿＿＿＿

□服務　□製造　□科技　□軍公教　□金融　□傳播　□其他＿＿＿＿＿＿＿

怎麼知道這本書的呢？

□老師買的　□父母買的　□自己買的　□其他＿＿＿＿＿＿＿＿＿＿＿＿＿＿

希望晨星能出版哪些青少年書籍：（複選）

□奇幻冒險　□勵志故事　□幽默故事　□推理故事　□藝術人文

□中外經典名著　□自然科學與環境教育　□漫畫　□其他＿＿＿＿＿＿＿＿＿＿

請寫下感想或意見

請黏貼
8元郵票

407　台中市工業區30路1號
晨星出版有限公司

TEL：（04）23595820　FAX：（04）23550581
e-mail：service@morningstar.com.tw
http://www.morningstar.com.tw

請延虛線摺下裝訂，謝謝！

小鬼富翁
BILLIONAIRE BOY

填寫線上回函，
立即獲得50元購書金